舞い降りた夢

杉山 実
sugiyama minoru

ブックウェイ

あらすじ

暴力団系の芸能スカウトに騙されて田舎から渋谷にやって来た。

中学を卒業したばかりの望月麗香、三流プロダクションの大門に声を掛けられて間違えてついて行った。

ひき逃げで身体障害者の父と母の会話を聞いてしまった麗香は、少しでも家計の足しに成ればと「タレントに成れる」の言葉に騙されてやって来た。

三流プロダクションと麗香のサクセスストーリー、妹聡未と舞の二人が加わって、ひき逃げ犯人逮捕と彼女達の恋愛へと夢が広がる。

奇跡の物語、それは夢が舞い降りた人々の物語です。

主な登場人物

望月麗香……長女、柳井の高校一年生
　聡未……次女　中学生
　　舞……三女
弘人……父、ひき逃げで半身不随、図
　　書館勤務
澄子……母、パート勤め
大門秀夫……暁プロダクション社長
　政子……専務
尾形良樹……高校の不良
安西敏夫……柳井の建築会社社長、市会議
　　員
　郁夫……長男、高校三年生
高山　浩……安西の会社の専務

鹿島　貢……ＤＡ物産専務の息子
　隆博……ＤＡ物産専務
　智恵子……妻
　　保……弟
景山克美……花八木の息子
須藤進二……映画監督
北山直巳……脚本家

舞い降りた夢　◎目次

一話　夢のはじまり

暁プロダクションは数名のタレントを抱えていた。

三流俳優、グラビアアイドルとか、雑誌のセミヌードの仕事が主な仕事で、有名なタレントは所属していなかった。

専属のカメラマンは居ないから、仕事が有れば所属のタレントを連れて、カメラマンの処に行くのだ。

タレントも固定給プラス歩合で、売れる女の子を抱えていると儲かるのだった。

社長は大門秀夫五十二歳、専務は妻の政子四十八歳、最近は不景気で仕事が少なく困っていた。

こう云うプロダクションを狙っているのが、ＡＶ業界の中でも悪質な業者達なのだ。

中には暴力団関係の業者も多く、新人の発掘には余念がなかった。

理想は可愛くて、こんな女の子が？　と云った作品が売れるのだ。

昔の様に脱ぐだろう女は値打ちがないので、よりリアルな映像を求めて新人の発掘が不可欠なのだ。

高額で売れるのはフェチ、盗撮、ＳＭ系、そして美女系の三種類、ＳＭ系はハードでないと売れない。

縄で縛って、蝋燭で演技の嗚咽では全く売れないのだ。

常に新人の発掘が必要な世界なのだ。

渋谷の町を中心に新宿とか色んな場所でスカウトをするのだが、中々良い人材には当たらない。

大勢探さないと中々良い人材には巡り会えない。

大門は今日もハチ公前で誰か良い子はいないのかと探していた。

ジャンボ宝くじ発売中と大きな声が聞こえるので、タレント探しも宝くじを当てる様なものだな、十枚買ってみるか？　宝くじを買うのは何年ぶりだろう？

一等六億円を見ながら窓口で買った。

不思議なもので買うと当たる気がするのだった。

みんなこの気分を味わいたいから、宝くじを買うのだなと大門は思った。

今日も良い子は居ないか残念と思って帰ろうとした時、一人の高校生だろうか？　女の子がハチ公の前で携帯の画面を見ている。

長い黒髪を後ろで束ねたその女の子を、可愛い子だな磨けば光る素質が有るな、バッグを持っているから、田舎から出て来たのか？

大門は「誰か待って居るの？」と近づいて、いきなり声をかけた。

その女の子は自分では無いと思い返事もしない。

五十二歳の男が高校生に声をかけても、相手にされないのが普通だろう。

「娘さん、田舎から来たの？」と再び声をかけた。

携帯を何度も見ているのは誰かからの、メールか電話を待っているのだと思った。

此処は沢山人がいて、誰が誰と喋っているのか判らない位の時間帯も有る。

再び「お嬢さん」と少し大きな声で言ったら「私ですか？」と顔をあげた。

その上げた顔に、可愛いと大門は改めて思った。

「そうそう」と言うと
「貴方でしょうか？　迎えに来てくれた人は？」と不意に少女は大門に言った。

「はあ？　はい」

不思議だと思ったけれど、大門は返事をしてしまった。

「すみません、判らなくて、メールだと思っていたから？　何処に行くのでしょう？」と少女は歩き出した。

何処に行くのだろう？　訳が判らない大門。

「車ですか？」と尋ねる少女。

「いいえ、東京は電車かタクシーが便利だから」

「じゃあ、タクシーですね」

そう言うと近くのタクシー乗り場に歩いて行く。

「何処にするのですか?」

「何を?」怪訝な顔で聞く大門。

「身体見る場所よ」

そう聞いて益々不思議に思う大門は咄嗟に「ホテルに行きましょう?」と答えていた。

大門のぎこちない様子に「そうなの? タレント事務所の方でしょう?」と尋ねる少女。

「はい」と答えて、大門は慌てて名刺を出した。

「暁プロダクションの社長さんなのね、MO企画の下請けの方が迎えに来ると、聞きました」と言って微笑んだ。

確かにMO企画と云う大きなプロダクションで、一杯女優とかタレントを抱えている所は有るが、年に一度位、孫請けの仕事が来る事が有るが、この子MO企画に入ろうとして来たのか?

それはそうだが、身体に墨が有った場合とか、傷が有ると顔が多少綺麗でも、中々タレントとしては難しいのは事実だ。

名刺を見て安心したのか「私、望月麗香、高校一年よ」そう言って挨拶して笑った顔は、尚更可愛い。

「今は春休み？」

「そうよ、まだ入学式前だから」

「そうか、今日は4月1日だった」

「昨日まで中学生？」と尋ねる大門。

「当然ですよ」

「何処から来たの？」

「柳井よ」

「柳井って何県？」

「山口県よ」

「遠くから来たのだね」

「タレントに成れると言われたから、私お金欲しいの」

「どうして？」

「家をね、少しでも楽にしたいの」

「偉いね、麗香ちゃんは」と褒めると微笑む麗香。

タクシーに乗ると大門は有名ホテルの名前を云った。

「流石ね、良いホテルね」

大門はメールで政子に（凄い、良い女の子が見つかった、至急ホテルに来てくれ）と送った。

そのホテルは暁プロの借りているビルから近かった。

今からなら、政子が先に到着するはずだったから、続けてメールを送る。

（他のプロダクションと間違えているみたいで、身体検査をするらしい）

（大手はそうなのかも？）

（お前が、見てやれ）

（判ったわ）

大門は直ぐに尋ねて「でも遠くの田舎の学校までよく探しに来るのだね、スカウトの人に会ったのだろう？」

「うん、その人は中国地方の専属みたいだったわ」

「うちみたいな、下請けには大手の事は判らなくて」

「春休みのうちに、面接と云うかプロダクションに入れて貰って、夏休みに本格的に売り出すと言われたわ？」

「目標は？　歌手？」

「女優よ」と言うと嬉しそうな顔をする。

「タレントか歌手が多いけれど、いきなり女優とは」

「スカウトの人が望月さんは将来女優の素質が有ると言われたので、そう決めたの」

「そうなのだね？」

中学生を騙すのは簡単なのだなと思った。

意外と嘘で来たかも知れないと大門は思った。

ＡＶとかに使う女性も最近は可愛くて若い子が多い、地方から連れて来て、男と遊ぶ事をすると徐々に、お金欲しさとかでＡＶの出演に成るのだった。

「到着だ」とホテルを指さす。

「わー、立派なホテルね」

ロビーに入ると政子が、来て「この子？　可愛い子ね」と笑顔で迎える。

「望月麗香です、宜しくお願いします」と笑顔でお辞儀をする。

「じゃあ、部屋に行きましょうか、今日何処に泊るのか決めているの？」と大門が尋ねた。

「まだです」

「そうそれじゃあ、此処に泊まればいいわ」と政子が言う。

「本当ですか？」嬉しそうな顔になる麗香。

「大きい部屋だからびっくりするわよ」

「トイレに行っても良いですか?」と言うと麗香は顔を直しに行った。

「奮発したな」大門が政子に微笑んで言う。

「貴方が良い子だと云うからよ」

「何処かのプロダクションと間違えているのだ」

「そうなの? 拾い物だわね、身体まで見せてくれるの? 変ね」

「大手はそうするって本人が言うのだよ」

「あの顔と身体なら、何処にでも売れるわ」

「お前もそう思うか?」

「磨けば光るよ、おまけに身体まで見せてくれるのだから、水着、セミヌード、AV何でも使えるじゃない」

「本人は女優だって」

「いけるかも、でもお金かかるよ」

そんな話しをしていたら麗香が戻って来た。

少し化粧をしてきたのが判る。

「810号よ、行きましょう」

「東京は人の多さにびっくりします、二回目です」と微笑みながら話す麗香。

その部屋は通路の突き当たりに有って、右がリビングの部屋で中央にお風呂、左に寝室が有った。

三人は右のリビングに行った。

荷物を置くと携帯をテーブルの上に置いて「宜しく、お願いします」と頭を下げる麗香だった。

「向こうが寝室だからそちらで見ましょうか?」

中央に扉が有ってリビングと寝室、お風呂が完全に仕切られている。

麗香が寝室に向かいながら「シャワー先に浴びても?」と言う。

「良いわよ、待っているわ」

「汗かいたから」と首筋を触る仕草の麗香。

しばらくして麗香が服を脱いで、風呂場に消えた。

その時テーブルに置いた麗香の携帯が鳴って番号が表示される。

政子が書き留めて数回鳴って切れた。

「ちょっと待って、この番号見た事有るわ」と不思議そうな顔をした。

「そうなの?」

政子が自分の携帯に番号を打ち込んだ。

「これ、暴力団系のプロダクション風企画じゃないの」と驚きの表情に成った。

「騙されて来たのだわ、変だと思ったのだよ、どうも話しが変だから、身体検査なんかおかしいと思ったよ」と政子が怒った様に言う。

「今頃、強姦されて、その後薬でも注射されて、ボロボロだよ」と大門が言う。

風企画からも時々は依頼が有るのだが、殆ど断るのが現実だった。

「良い子探してくるね」

「横の繋がりだろう」

「怖い世界だから」

「横取りしたと、怒ってこないか?」

「大丈夫だろう、本人でも連絡先も知らないのだから」

「それなら良いけれどね」と二人は深刻な顔で話していた。

その時「おまたせー」と扉から首を出した麗香の笑顔が可愛いのだ。

二話　呆れる母

「私が行くわ」

政子が隣の部屋に向かった。

バスタオルを巻いて、髪が濡れたのかタオルで拭いて、寝室にやって来た麗香は色気も感じられた。

「ベッドの上でバスタオル取ればいいですか？」

「それで良いわよ、一回りしてくれれば」

麗香はベッドに上がって恥ずかしそうにタオルを落とした。

政子がこれは綺麗な身体だわ、色も白いし胸も有って、乳首も綺麗で形も良い、ウエストが細い、素晴らしいと言っても良かった。

「手入れしてないので」と言いながら恥ずかしそうに前を隠した。

「もう良いわよ」

「はい」

嬉しそうにバスタオルを巻いて、笑う麗香。

「食事に行きましょう、ご馳走するわ」

「合格ですか？」と明るくなる。

「合格よ」

「有難うございます」と会釈をした。

「服に着替えて」

「はい」

リビングに戻った政子が「ダイヤ拾ったね」と微笑んで大門に言う。

「そうか、良い身体だった？」

「貴方が襲ったら、風と一緒だからね」そう言って笑った。


麗香がリビングに戻って「携帯に知らない着信が有る」と言った。

「望月さん、教えてあげるわ、その携帯先程鳴ったのね、番号見たら知っている所だったのよ」と政子が言うと怪訝な顔の麗香。

「貴女は騙されて東京に来たのよ、その番号のプロダクションは風企画と云って暴力団系なのよ、地方から騙して若い女の子を連れて来てＡＶ女優にするの」と教える政子の言葉に「えー、そんな」と驚きの表情に成る麗香。

「私達に出会って助かったのよ、今頃彼らに強姦されている所だったのよ」

「私、まだ男性経験無いのに」と恐怖の顔に成った麗香。

「大手のプロダクションの名前を使って騙されたのよ、小さいけれど、モデルも女優も契約しているからね、うちは普通の会社よ」

「どうすれば良いでしょう？　もう一度電話有ったら？」と困り顔の麗香だ。

「何処まで貴女の事を知っているかだけれど」と尋ねる。

「名前と中学校位は知っていると思いますが、他は知らないと思いますが？　下校の時に声かけられて、一度春休みに面接を受けて見なさい、下請けのプロダクションから携帯に電話するから、合格してから両親に報告すれば良いと往復の新幹線代を貰いました。夏休みから本格的な活動だからと言われました」

「それで携帯を見ていたのか？」と秀夫が言う。

「はい」

「私達も時々タレント候補を渋谷に探しに行くのよ」

「今度かかって来たら、両親に見つかって止めますって言えばいい」と秀夫が教える。

「沢山お同じ手法で、女の子集めているのだから大丈夫よ」政子が教える。

「助かりました、有難うございます」と麗香は改めてお辞儀をした。

「食事行きましょう」政子が麗香の気持ちを元気づける。

「本当に採用されるのですか？」先程の言葉を確かめる麗香。

「勿論よ」と笑顔で言う政子。


三人は最上階の展望レストランに向かった。

「わー、夜景が綺麗ですね」窓の外の景色を珍しそうに眺める。

「何食べる？」

「若いからお肉？」

「いえ、お魚を」と言う麗香。

席に座って、「私達はビールを頂くわね」そう言ってウーロン茶の麗香と「今後の麗香ちゃんの大スターを期待して、乾杯」と秀夫がグラスを合わす。

「乾杯」三人は笑顔に成って
「今夜は本当に有難うございます」とお礼を言う麗香。

「実家の両親はどの様な仕事？」と政子が尋ねた。

「父は地元の図書館に勤務、母もパートで働いています」

「ご兄弟は？」

「妹が二人います」

「一番おねえちゃん?」

「下の妹も可愛いのですよ」と笑顔で答える。

「幾つ?」

「中学二年に今度成る聡未と小学6年の舞です」

「何故、女優に成りたいの?」と不思議そうに尋ねた政子。

「有名に成って、両親を楽にさせて、あげたいのです」と意外な答えを言う麗香。

「まだ若いでしょう」と不思議そうに尋ねる政子。

「はい、でも父は交通事故で歩くのが困難なのです」

「そうなの?」何か事情が有ると感じる政子。

料理が運ばれてきて、次々に食べ出した。

「美味しい」と嬉しそうに食べる。

「そう、良かったわね」と言う政子。

だが秀夫は背筋が寒く成った。

もし自分が声を掛けてなかったら、この子はどうなっていただろう?　両親の悲しむ顔が瞼に浮かんだ。

政子も同じ事を考えていたのだろう、目頭を押さえているのだった。

無邪気に食べるその麗香の顔は中学生の顔だった。

「明日はどうする予定だったの？」

「面接だけ受けて帰る予定でした」

「明日契約書にサインしてスカイツリーでも見てから帰れば？」と政子が進める。

「明日家に連絡しても良いですか？」

「仕事は一応学校優先で休みの時に来て貰うかな？　仕事が増えたら変わるけれどね」

「はい」

「それから、一応契約金少ないけれど払うからね」

「ほんとうですか？　有難うございます」と喜ぶ麗香。

しばらく食べて話しをしてから二人は「明日9時半に迎えに来るから、例の電話有ったら、断るのよ、無いと思うけれど」と言って別れた。

「お休みなさい」と丁寧にお辞儀して、麗香は部屋に戻って行った。

麗香を見送ると「あのダイヤを磨くのにはお金がかかるよね」と政子が言う。

「そうよね、でも久々のホームランだよ」と嬉しそうな秀夫。

「一番下が五歳の時の事故だって言っていたね」

「明日送って両親に会ってくるか?」と言いだす秀夫。

「明日は用事有ったでしょう」

「近日中に行くか?　二人揃って旅行気分で行くか?」

「それも良いわね、あの子の写真写してきましょうよ、カメラマン雇って」

「そんな余裕何処に有る」と微笑む二人は夢の話に入り込んでいた。

「山口でしょう、秋吉台とか錦帯橋とか、宮島も良いわね」

「まあ、売り出すには金が必要だ」と秀夫が言う。

「契約は三年にして百万で良いかな」と政子が具体的な金額を言いだす。

続けて「今の我が社の状態では仕方ないでしょう」と政子が笑って言う。

「後は仕事の量に応じて支払うか」と懐具合に仕方ない様に言う。

「そうね」と残念そうな政子。

だが、この夜の二人には夢が舞い降りた気分だった。


翌日秀夫がホテルに行くと「おはようございます」と昨日とは雰囲気が変わって大人の女に見えた。

「家には夜遅く帰ると言いました」

「心配してなかった?」

「大丈夫です」

「そう」

「東京を夕方五時半に乗れば何とか帰れます」

「真夜中だろう?」

「はい」

二人はタクシーでプロダクションのビルに来た。

「大きいビルですね」とビルを見上げる麗香。

「違うよ、一室借りているだけだよ」と笑う秀夫。

八階に上がって「此処です」と言って扉を開いた。

「いらっしゃい」と政子が言いながら応接室に案内する。

事務の女の子と男性が一人居た。

その女の子がお茶を持って来て「可愛いお嬢さんですね、水田恵子ですよろしく」と微笑む。

「望月麗香です、よろしくお願いします」と会釈をした。

政子が「遊びに行かないと駄目だから、これが契約書ね、一応三年ね、給料は仕事によって変わるからね、例えば秋吉台で写真を撮影すると幾らとかですよ」

「えー、山口で撮影ですか？」と嬉しい顔をする。

「例えば、の話よ、それなら貴女が来なくても良いでしょう、休みの日に出来るでしょう」と良い話をする。

「はい、有難うございます」と喜ぶ麗香。

そして「これが契約金ね」と小切手を差し出す。

「こんなに貰えるのですか？」金額を確かめて驚いて言った。

「貴女の権利を買ったのよ、だから髪を切るのも整形をするのも許可が必要なのよ」

「はい」

「髪を染めるのも」と改めて尋ねた。

「はい」

「契約書読んでサインしてね」

「はい」

麗香は簡単に読んでサインをした。

この二人を信じていたからだった。

その後秀夫が案内してスカイツリーに登って感激した麗香は、浅草の土産を貰って東京駅迄送って行った。

「夜遅いから気を付けて帰るのだよ」と手を振って見送る秀夫。

「本当に、有難うございました」と深々と頭を下げた。

秀夫は良かった、良かった！　と喜んでダイヤを拾った気分で、事務所に帰っていった。

疲れたのか麗香は新幹線で少し眠って、そして買って貰った弁当を食べて、帰って行った。

連絡をもらったので、深夜の柳井の駅には母の澄子か迎えに来ていた。

改札を出てきた我が子を見て「麗香、急に東京に行くから本当にびっくりしたよ」と肩を抱く。

「ごめんなさい」と言うと、駅前に置いた車に乗り込む。

「お金どうしたのよ」と澄子が尋ねる。

「プロダクションの人が往復くれたの」

「えー」と驚く澄子。

「でもね、それ悪い奴だったの、私を売り飛ばす計画だったの」と泣き出した。

「それでよく帰れたわね」

「違う、プロダクションの人が先に声かけてくれて助かったの」

「危なかったのね、簡単にはスターに成れないよ、可愛いのは判るけれど」車を運転しながら言う。

「でも、そのプロダクションの人が契約してくれたよ」

「えー、何をするのだよ、裸かい」と運転をしながら驚く。

「裸は見せたよ」

「何をしてきたのよ」再び声が大きく成って驚く。

「女の専務さんが少し見ただけよ、触りもしなかったわ」

「我が子ながら怖いよ」

「怖くないよ、親切に東京見物も連れて行ってくれたし、お土産もくれたよ、これよ」と膝の上に出して見せた。

「そんないい話が有る訳ないよ」と信じない。

「昨日は豪華なお部屋に一人で泊まったし、展望レストランで食事ご馳走に成ったわ」

「何で知らない貴女にそんなに親切なのよ、おかしいと思わないの？」と怒る。

「良い社長さんだったよ、ほら契約金もくれたから」と小切手を見せた。

　澄子は思わず車を路肩に止めて「あんた、馬鹿？　何考えて居るのよ、幾ら貰ったのよ」と声が大きく成る。

小切手を見た澄子が「えー、百万円」と声が変わった。

「そうよ、でもね！　三年間はプロダクションの許可なく、整形とか、髪を切ったり染めたり出来ないのよ、それとね、当分は学校優先だから普通に勉強しなさいだって、休みの日に来て秋吉台とかで、写真撮影するかもって言っていたよ、どうしたの？」

驚きで黙ってしまった澄子を、怪訝な顔で麗香が覗きながら見たのだった。

三話　舞い降りた天使

「麗香そんな、神様みたいな話し有るのかい？」と澄子は怪訝な顔で言う。

「でも？　ほんとうでしょう」と小切手を指さす。

「悪い奴に騙されて、東京迄行って、お金貰って、お土産貰って、真夜中に帰って来て、親を脅かす、恐ろしい中学生だ、契約書貰って来たのだろう？」と呆れて言う。

「高校生！　これに、色々書いて有るよ、新幹線の中で読んでいて眠く成ったわ」

「帰って読んでみるわ、もし駄目ならこれ返さないとね」そう言いながら車を再び運転し始めた。

「お父さんには内緒だよ、お金の事は当分」

「はい」

「折角、公立高校に行けて喜んでいたのに、もう少しで総て失う処だったわ、今後は相談するのよ」

「はい」

「お母さんもパートで忙しくて、留守なのは判るけれど」

「はい」と恐縮する麗香だった。


翌朝、父の弘人が「麗香、東京迄何をしに行った」と叱った。

「すみません」と謝る麗香に「お姉ちゃん、何したの？」と中二の聡未が聞いた。

「私知っているよ、東京にヌードしに行ったの」と小６の舞が何処から聞いたのかそう言った。

「こら、舞、嘘を言ったら駄目」と麗香が怒る。

「だって、裸を見せて来たって」と笑いながら、麗香の前から逃げる。

母澄子と弘人の話を聞いていたのだ。

「来週から学校だよ、準備は出来ているの？」

澄子が朝食の用意を済ませて言って、五人が朝食を食べてから「麗香向こう部屋に来なさい」

と澄子が呼んだ。

「この契約書を見る限り、そんなに悪い会社では無いみたいね」

「そうでしょう」と嬉しそうな麗香。

「ネットで調べたけれど小さい会社よ」

「そうなの?」

「まあ、この契約だと、貴女の行動は制約されるわね」

「どう言う事?」

「例えば、海外旅行にも事務所の許可が必要なの、恋人も作れないわよ」

「それは困ったな、早く経験しないと、芸が上達しない」

「何の経験よ?」と不思議そうに尋ねる。

「SEXよ」と平気な顔で言う麗香。

「何言っているの?」と顔を赤くする澄子だった。


弘人の交通事故はひき逃げだった。

自転車で帰宅中乗用車に跳ね飛ばされて、身体障害者に成ってしまった。

それからSEXは出来なく成ったのだ。

そこに麗香の話しに澄子が驚いたのだった。

いつの間にか子供が、そんな話しをするのだと時間の流れを感じた。

「今日、一度プロダクションの人に電話してみるから」

「はい、でも良い人だから」「良い人だからね」

麗香は何度も、大きな瞳を更に大きくして言うのだった。


三人の子供と身体障害者の主人、交通事故はひき逃げで補償が無く、生活は楽では無かったから、百万のお金は望月の家には大金だった。

弘人と澄子は結婚を両親に反対されて、駆け落ちの様にこの柳井に来ていた。

元々弘人は大阪、澄子は長崎だから、この近辺には知り合いも親戚も無かった。

印刷会社の募集に採用されて、この地に住んで居たのだ。

弘人が澄子に惚れて結婚したのだから、澄子の顔立ちは整っていた。

交通事故までは家族五人は平和に暮らしていた。

事故後、印刷会社の社長と地元の福祉団体、ボランティアの紹介で、弘人は今の図書館勤務が出来たのだった。

澄子は地元の宅配業者の倉庫で、ピッキング作業のパートをしていて、柳井に来てから直ぐに働き出したので長かった。

ある程度の仕事を任されていたので盆暮れは特に忙しいのだ。

正社員に成れる機会も有ったが子供が小さかったので、休みが自由になるパートを選んだのだ。

弘人の事故が判っていたら正社員で働いていただろうが、よもや弘人が事故に遭うとは考えていなかった。

ようやく一番上が高校生に成ったと喜んでいた矢先の事だったので、澄子は麗香の行動に驚いてしまった。


昼休みに澄子は暁プロダクションに電話をすると、政子が電話で「お母様ですか？　本当は社長が麗香さんを送って挨拶するべきなのですが、弱小プロダクションの為に予算が無くてすみません」

いきなりそう言われて澄子はこの会社と云うより、この女性は信用出来る人だと感じた。

「また、近々近辺に参りましたら、ご挨拶に参上致します」

「うちの娘に素質が有るのでしょうか？」

「充分有ると思います、高校一年生で体型も良く綺麗ですから」

「そうなのですか？」

「私もこの業界、長いですから、タレントさんの裸体も沢山見てきましたからね、本当は身体検査みたいな事はしないのですよ」

「はい」

「娘さんが、騙した男に身体検査で合格したら、プロダクションと契約出来ると嘘を言っていたのですよ、私も最初はびっくりしました、それでホテルで仕方なく見せて貰いましたが、素晴らしい高校生ですよ」

「嬉しいのか？　怖いのか？　戸惑いますわ」

「うちのプロダクションでスターに出来なかったら、他に頼んででも必ずスターにしますから安心して下さい」

「そんなに期待できるのでしょうか？」

「私は10年に一人の逸材だと思います」

澄子は我が子にこんな期待を持って良いの？　共倒れ？　の不安も有ったが、余りの政子の迫力の有る話し方に希望を持ってみようと思ったのだった。

　確かに麗香はこの一年で見違える程美しく成っていた。

毎日成長しているのが澄子の目にも判る程だった。

今年に成ってから特に女の色気が感じられると、母親でさえ思ったのだから、スカウトが見逃す筈が無かったのだろう。

唯、悪いスカウトだったのだ。

その日の午後、ロングの黒髪を春風に靡かせて、自転車で澄子のパート先に走って来た麗香は、若さの溢れた美しさだった。

「お母さん、電話してどうだった?」と大きな声で尋ねた。

「心配で聞きに?」

「お前の執念と先方の女の人に負けたよ」

「そうなの、ありがとう」と自転車から降りて、澄子に抱きついた。

また直ぐに自転車に乗って嬉しそうに帰って行った。

荷物を構内のパレットで仕分けをしているので、今日の様な好天の日は外での作業が多かったから、やって来たのだ。

「娘さん、綺麗に成ったね、びっくりしたよ」同僚の住谷和子が言った。

「そう?」

「この前、歳暮の前に会った時に比べたら、段違いだね」

「そんなに？　変わった」

「悪い虫が付くよ、危ないよ」

「そうね、気を付けないといけないわね」と笑ったのだった。

　数日後、プロダクションの事務所で新聞を見ながら、政子が芸能欄の横のジャンボ当選番号と大きく書いて有る記事を見て「当たる人も、居るのだね、六億だって」と水田に向かって言った。

「買わなければ、当たりませんね」と笑う。

「まあ、そうだ」と政子も笑う。

「私も買いませんね」と話している処に秀夫が戻って来て、「あの子駄目だな、次契約止めよう」と所属のタレントの事を言った。

「そうね、駄目な人は止めにして一人に絞らないとお金続きません、六億でも当たれば別ですけどね」と冗談の様に政子が言う。

「宝くじか！　俺も久々に買ったよ、先日麗香ちゃん見つけた日に、十枚だけどな」と微笑む秀夫。

「見たの？　持っているの？」

「そこの机の引き出し、一番上の……」

「恵子取って来て」

「十枚で当たる訳ないよ」と笑う秀夫。

「折角だから、見ないと」

「はい」と政子に恵子が差し出す。

しばらく沈黙が有って「政子？　専務？」と秀夫が声を掛けたが返事が無い。

「食事に出て来ます」と恵子が出掛けると秀夫が「政子どうしたんだい？」と横に腰掛けると、政子が反対側に倒れた。

「おい、大丈夫か」と驚く秀夫。

「これ、六億よ！」政子が震えている。

「マジか？」新聞の番号と政子が持っているくじ券を確かめた。

「本当だ」声が上擦る秀夫。

「でしょう」と興奮の政子。

「誰にも言うな、危ないから」

そう言って、くじを買った時を秀夫は思い出していた。

タレント探しも宝くじを当てる様なものだな、そう思って久しぶりに買ったのだ。

するとハチ公の前に麗香ちゃんが居たのだよな、奇妙な偶然に秀夫は頬を捻ってみた。

「痛い」と秀夫が言う。

「夢じゃないわよね」政子はもう一度新聞を見る。

「痛かったから、現実だ、我々に天使と一緒に舞い降りたのだよ」

「天使って?」

「望月麗香だよ」と言うと嬉しそうな顔。

「本当ね、私もそんな気がして来たわ」

「あの子をスターにしてあげなさいと、誰かが言っている様な気分だよ」

二人は呆然として窓の外を見ていた。

外で天使の姿を探していたのかも知れなかった。

四話　菜種畑の大スター

宝くじの最高金額も年々増加してもう10億の時代だから、考えてみれば、毎年高額賞金の当たる人は多いのだけれど、知り合いで当たった人がいないのも宝くじだった。

数日後麗香に秀夫が電話を掛けて来た。

「秋吉台と青海島で撮影を連休にお願いしたいのですが？」

「もう？　始めるの？」と驚きの声。

「はい、早く売り出したいのでね」

「そうですか？　予定しておきますね」

「芸名使わないで本名でいこうと思うのですが？　家族の意見を聞いて貰えませんか？」

「はい」

意外と早いな、それも連休なら直ぐだわと考えていたら、再び電話で「ギャラは五万プラス販売数、もしくは十万で部数制限無しのどちらでもいいよ」

「私も判りませんからどちらでも良いです」

「ビデオは五十万でね」と話して切れて、麗香には意味不明だった。

麗香は澄子に「今日プロダクションの社長さんから連休に写真集作りに、秋吉台と青海島に行くって連絡有ったよ」

「そう、意外と速い仕事ね」

「それでね、五万か十万どちらにする？　と聞かれた」

「何それ？　五万なら売れたら一冊幾らってプラスだって」

「十万で無しにしたら？　新人だしね、お母さんまだ信じられないよ、これ通帳作ったから、此処に振り込んで貰いなさい」と通帳を渡した。

「私は、今まで通りの小遣いで良いからね、どうしても必要な時は言うから」と笑顔の麗香。

「判ったわ、頑張りなさい」

そう言われて、プロダクションに口座番号とギャラの方法を連絡したのだった。

私も芸能界入りなのだわ「凄い」と呟いて眠るのだった。


翌日学校から帰ると、早い時間に澄子が家に居て「麗香、貴女その若さでヌード写真集を作るのか」といきなり澄子が言い出した。

「聞いてないよ」と不思議そうな顔の麗香。

「だってこの金額見て」と通帳を差し出した。

「まだ撮影も何もしてないのに何故なの？」と言いながら、通帳に目を移す。

通帳に振り込まれた金額が百二十万円と成っていた。

「わー、凄い」と声が上ずる麗香。

「でしょう、中学生の撮影にこれは？」

「高校生よ、ヌードは聞いて無い」と不思議そうな顔の麗香。

「ヌードだけじゃないわ、下の毛迄写すのだわ、いらしいわね、水着迄なら許すけれど、駄目よ！」と怒る。

「ヘアーヌード写真集かな？　確かに濃いの、見られたからね」と微笑む。

「電話してみるよ」とプロダクションに「あの？　麗香ですけれど今回の連休の撮影って、ヘアーヌード写真ですか？　水着迄なら許して貰えるのですが？　いきなりは母が怒るので」といきなり話す麗香。

「水着大丈夫なのですか？」と政子の声。

「はい」と答えると「そう、それじゃ、水着追加ね」と嬉しそうに言う政子。

「これでいい？」

「芸名は麗香だけにする？　家の名前出さないで、お父さん卒倒すわ」と怒り出した。

政子が電話が終わると「水着ＯＫなのですって」

「良かったね、時期を見て時間を空けて出版しよう、売れるぞ、カメラマン二人、メイクと衣装、助手二名と俺とお前だな」

「そうよ、水着のビデオも写真集も版権こちらでいいかな？」

「良いの？　じゃない」

「ヘアーヌード写真駄目だって」

「まだ売れないよ、将来はダイヤに成るかも？」

「写真集の名前は麗香に決定ね」

「週刊誌の記者にはもう薬は充分ばらまいたから、多分五月半ばから書いてくれるわ」

「写真を数枚渡して、話題を提供しなければ、そうだ、普段の学校姿も写しておこう」

「いいわね、カメラマン手配するわ」

「じゃあ、本人に承諾貰おう」

溌剌と段取りを話す二人は麗香と心中覚悟だった。

だって天が三人に恵んでくれたと思っていたから、六億が無くなっても元と言った秀夫に従う政子だ。

もう業界では週刊誌の記者達が、政子の薬で騒ぎ始めていた。

数人に鼻薬、所謂お金を渡す事で自然と広がって行くのだ。

不思議と遅れるほど大きな衝撃に成って現れるから、噂は面白い
「美人の高校生がいるらしい」が「将来のスターらしい」「映画に主演するらしい」とか判らない話しが巡るのだった。

数日後カメラマンの新藤修が柳井にやって来た。

フリーのカメラマンなのだがまだ若くて二十五歳、次回の撮影にも参加予定、政子は彼の腕を高く評価していた。

一人助手の沙紀を連れて、だが自分の妹なのだが、今年高校を卒業したばかりで、就職が無かったのと旅行が好きだから、兄の手伝いを取り敢えずしているのだった。

今日から三日間の予定で来ていた。

「最近羽振りが良くなったよね、暁プロ」と新藤が微笑む。

「そうだね、中々こんな事までしなかったのに、この子にもの凄い力の入れようね」と沙紀が言う。

「賭けているのかな?」

「まだ、一度も会ってないから、何とも云えないがね、高校一年だろう、沙紀より三歳下なら、小便臭いだろう」と笑う。

「失礼ね」

「兎に角、挨拶に行こう、夜なら両親も居るだろう」

「田舎にしては小さな家ね」望月の家の前で沙紀が言う。

「地元の人では無いのだろう」

チャイムを鳴らすと、可愛い女の子が「何方ですか?」と出て来た。

「東京のカメラマンの新藤です」と軽くおじぎをする。

「少々お待ち下さい、そう言って奥に入った」

「可愛い子ね」と沙紀が微笑む。

「そうだね、あの子写しても良い写真撮れそうだな」と興味有りで言う。

舞が再び来て「こちらへどうぞ」と玄関を上がって右の部屋に案内した。

「何年生?」と沙紀が尋ねる。

「6年です、舞と云います」と会釈した。

「可愛いわね」

「有難うございます」と笑って奥に入った。

直ぐにお茶を持って「いらっしゃいませ」と聡未が来た。

沙紀が可愛い聡未を見て「何人兄弟?」と尋ねる。

「三人姉妹です」と会釈をして、「すみません、三人ともまだ帰っていないのでしばらくお待ち下さい」と言った。

「判りました」と新藤が言う。

聡未が奥に入って、お茶を飲みながら「可愛い子ね、あの子も」と改めて言う沙紀。

「美人三姉妹だな、将来」

「そうなるわね、一流カメラマンの目だから」と笑った。

しばらくして揃って三人が帰って来た。

「お待たせしてすみません」母澄子が挨拶して、二人が会釈をした。

松葉杖をついた父弘人の姿が痛々しかったのだった。

「明日から、撮影するカメラマンの新藤です」

「同じく助手の沙紀です、よろしくお願いします。」と挨拶をした。

「朝、何時に学校に？」と尋ねる新藤。

「七時半です」

「明日から撮影させて貰いますのでよろしく」

「はい、こちらこそ、宜しくお願いします」と麗香が言った。

「あの？　連休中の撮影ではヌードは無いですよね」と澄子が恐々聞いた。

「僕は聞いていません、無いと思いますよ」と答える新藤。

「ほら、お母さんまだ信じられないのよ」と麗香が言う。

「だって、沢山お金貰ったから」と恐縮顔の澄子。

「幾らなのか、知りませんが？　有名な女優さんなら億と印税ですから」と説明する新藤。

「でも三人とも綺麗し可愛いですね」と沙紀が褒める。

「そんな事ないですよ、煽《おだ》てたら調子に乗りますから」と澄子が笑った。


翌日パートから帰って「あの子まだ帰ってない？」と尋ねる澄子。

「麗香お姉？」と舞が聞く。

「そうよ」

「まだよ、河原で撮影するとか、朝言っていたよ、見に行っても良いかな？」舞が興味有りで言う。

「私も行くよ、多分変なポーズで写真、写しているよ」

「変なポーズって」

「子供は知らなくて良いの」と怒る様に言う。

二人は自転車に乗って河原に急いだ。

小さな川の近くに菜種の花が満開で、そこを何回も往復する麗香の姿が有った。

「麗香さん、もう良いよ」と新藤が言う。

「終わりよ」と沙紀が大声で言った。

「あれが変なポーズなの?」と澄子の顔を見て聞く。

「いや、これからじゃあ?」と怒り口用の澄子。

二人に気が付いた沙紀が「お二人も入って撮りましょう」と会釈をしながら言う。

「えー、私達は遠慮しますよ」

「お母さん写して貰おう」と舞が言って「大丈夫ですよ、使いませんから、今回の記念にまた大きくして送ります」と新藤が言う。

「ほら、お母さん、写して貰おうよ」と澄子の体を引っ張る舞。

「化粧を見ないと」言いだす澄子。

「充分お綺麗ですよ」と沙紀が微笑む。

「そうなの」と言いながら、菜種の花の向こうにポーズをする三人だった。

「明日、雨みたいですが、意外といい絵が撮れる時が有りますから、写します」と新藤が言う。

「お疲れ様でした」と写し終わると笑顔で沙紀が言った。

「有難うございました」とお辞儀をして別れたのだった。

別れると早速カメラの写真を見せて「沙紀見て、見て、これ何か良い感じに撮れているだろう」

「本当ね、菜種の花とバランスが良いわね」撮影のコマを見て喜ぶ新藤だった。

「この、舞ちゃんも可愛い」と沙紀が目を細める。

「未来の大スターかも知れないよ、彼女達」撮影コマに新藤の眼差しが輝いていた。

・
・

五話　ロケバス

澄子はこの撮影って「これ？　幾ら貰えるのだろう？」そう言って麗香に通帳を見せた。

そこには二百五十万の数字が打ち込まれていた。

百万、百二十万、二百五十万
「見た？　中学生に私が一年間働いた以上のお金を？　まだ数枚写しただけじゃないの？　どうなっているの？　不思議だわ、お母さん夢見ているとしか思えないよ」

「芸能界だから、世界が違うのよ」と自分で納得する麗香。

「じゃあ、一度入ると戻れないね」

「そうなのかも？」

「麗香恋愛も駄目なのよ、このお金使うからね、もう返せないよ、責任持って行動してね、頼んだよ、もう幾ら入っても驚かないからね」と澄子は居直るのだった。

でも澄子は生活を変えなかった。

パートも辞めなかったし食事の質が良くなる訳でもなかった。

まして服を買う事も無かった。

それは麗香が成功したらの楽しみに、もし元の暮らしに戻ったら、落差が大きいから使わなかったのだった。

麗香は高校でも男子生徒に追いかけられる事が多かったが、まったく相手にしていなかった。

しかし、一人だけ麗香の興味がある学生がいた。

その学生は尾形良樹と言って、どちらかと云えば勉強出来ない、不良に近い学生だった。

興味を持った切掛けは尾形がある日、身体障害者を手助けしていたからだった。

学校では威張って、威勢が良い尾形が？　と麗香は不思議の眼差しで見たから「ジロジロ見るなよ、見世物じゃないぞ」と怒った。

「そうじゃないのよ、私のお父さんも身体障害者だから、尾形君、偉いなって感謝の目で見ていたのよ」と話す麗香。

「そうなのか、お前のお父さんも？」と眼差しが変わった。

「そうよ、五年前に交通事故でひき逃げされたの」

「ひき逃げ、卑怯な奴だな」と怒りを露わにしたのだった。

それから、時々顔を合わせたら、話しをする事も有ったのだ。

今日も麗香に話しかける学生に側に居た学生が「止めとけ、殺されるぞ」と囁くのだった。

それは尾形が麗香の彼女だから、と云う意味だ。

それは麗香にも有り難い事だった。

翌日の雨は予想より多く残念ながら撮影は中止と成ってしまった。
新藤も次の日に撮影が有ったので、帰京しなければ成らなかった。
「次は連休に会いましょう」と挨拶をして
麗香の「お気をつけて」との見送りの言葉で帰って行った。

一週間後に望月の家に大きな写真が届いた。

「わー、綺麗」と舞が叫ぶ。

「上手ね、プロだわ」と麗香が言う。

「皺が見えるわ」と澄子が言いながら、三人が見ていると「私だけ写ってない、ショック」と聡未が拗ねるのだ。


連休のスケジュールが届いて、初日9時に家を出発、秋吉台で夕方まで撮影、翌日は角島で撮影、夜は湯本温泉で二泊。

朝から青海島で撮影後のホテルに二泊、最終日午前中迄萩で撮影の予定に成っていた。

計画表を見た聡未が「いいな～温泉に観光地で仕事、行きたいな」「私も行きたい」舞が一緒に言うのだ。

麗香が政子に妹達に羨ましがられて大変です！　とメールで返信すると、しばらくして、一緒に来ても良いよと返事が返ってきた。

「来ても良いって」と話す麗香。

「嘘」舞が飛び跳ねて喜ぶ。

「嘘」と聡未も驚いて、二人の妹が大喜びに成ったのだった。

それは新藤兄妹が政子に、下の妹達もお姉ちゃんに負けない位、美人に成りますよと話していたから、将来の投資だ。

そして麗香が売れれば自然と写真一枚でも値段が付くから、使い道は沢山有るからだった。

母澄子は撮影の監視役には丁度良いと思って「行って良いよ」と許したのだ。

まだ信じていない母澄子だったのだ。


翌日政子から、麗香と妹達の服を用意したいから体型を聞いて来た。

水着も用意するからＢＷＨも教えてと言われて、ご丁寧に妹のサイズまで送ったのだ。

秀夫は「三姉妹の水着姿もいずれ貴重品に成るかも？」

「そうね、総ては売れれば」と二人は笑った。

「久々に温泉ね、部屋は三部屋で良いわね」

「女の子が増えたけれど、大丈夫だろう」

「カメラマンが新藤と結城繁三十八歳、メイク、衣装が小山内和美二十九歳、酒井美加二十七歳、助手が沙紀と前田純三十歳、望月三姉妹と我々だな」

「ロケバス、満員ね」

「機材を積んで運転手は星弦一さん」

「十二人だな」

「良い天気みたいよ、予報では山口は晴れよ」

「良い撮影が出来そうだね、金曜日は夕方徳山のホテルだね」

「田舎だから、道路も混んでないでしょう」

「金曜日は何時出発？」

「早いわよ8時よ」

二人の打ち合わせは夜遅くまで続く、明日は小山と酒井が衣装を買いに一緒に行く事に成っていた。

先日の写真を数枚持って、麗香のイメージに合った服と水着を探すのだ。

大門夫婦の勝負の始まりが近づいていた。


暁プロにも今回の撮影から麗香を売り出す時だ。

新藤が撮影した写真は数枚、鼻薬の週刊誌の記者達には配布されて、話題を提供するのだった。

写真を見た記者達は口々に可愛い女の子見つけましたねと言った。

秀夫は「天から舞い降りたのだよ」と答えて記者達を笑わせた。

新藤のカメラも上手だったが、素朴な美しさが光っていたから、誰も逸材を納得していた。

もう明日から連休、そして三姉妹で旅行と、金曜日の朝は舞と聡未の二人は興奮状態で学校に行った。

「お母さん、着替えとか、準備出来ている？」

「何回聞くの？」

「あっそうだった」そう言って麗香も自転車で高校に向かった。

澄子はどんな撮影に成るのだろうと思っていた。


8時前に東京をロケバスは出発した。

「皆さん、6日間よろしくお願いします」と秀夫が挨拶をして「よろしくお願いします。」と全員が声を揃えて言った。

「玄さん、ゆっくりで良いよ、今夜は寝るだけだから」

「バスで眠る事も多いのに、ホテルに泊めて貰って最高ですよ」星が笑いながら会釈をした。

「明日からだと、混むけれど今日は空いているね」

「朝も早いですから、休憩して十二時間位で混んでなければ行きますよ」

「意外と早いね」

この中に初めて顔を合わす人もいないから、それぞれが和気藹々の雰囲気で車は走る。

時々珍しい物を見ると二人のカメラマンが撮影した。

シャッターを押して、ロケバスの雰囲気も撮影するのだ。

いつ使えるか絵に成るかも知れないから、全員、麗香が売れれば仕事が増えるし自分も有名に成れる事を知っていた。

その日の夜無事に徳山にロケバスが到着したと麗香の自宅に連絡が有った。

バスは自宅迄行けないので、近くの小学校の前に来て欲しいと言われた。

三人は興奮してその夜は眠れなかった。

「行ってきます」三人が声を揃えて言う。

「気を付けてね」ロケバスまで見送りに来た澄子に、政子が「お子様を五日間お借りします」とお辞儀をした。

「よろしくお願いします」と澄子が言うと、バスはゆっくりと走り出した。

「皆さん、自己紹介します、望月美人三姉妹の麗香、聡未、舞の三人です」と政子が言う。

「皆さんよろしくお願いします。」と三人が声を揃えて言うのだ。

そしてそれぞれが担当と名前を三人に自己紹介していった。

三姉妹を実際に見た全員の印象は、カメラマン新藤とまったく同じで、将来性二重丸だった。

「今日は連休だから、秋吉台も人で一杯だろう」

「洞窟内の一応許可は取っているが、成るべく少なく撮影だ」

「はい」

「時間が余りそうなら、長府庭園にもと思って一応許可は貰っている」

「メインは秋吉台で洞窟はサブで行きましょう」と秀夫が言う。

絶好の好天にバスの外の景色に見とれる舞と聡未だった。

六話　宝くじ?

「じゃあ、この服に着替えてくれるかな」と酒井が三人に洋服を手渡した。

「わー、可愛い」と舞が喜ぶと「私の方が可愛いわ」聡未が言う横から「どちらも可愛いわよ」と小山内が言うと、政子がこれから大変だと苦笑していた。

バスの中に着替えのブースが有って、何度でも着替えられるのだ。

しばらくして麗香が着替えて出てくる。

「ぴったり、ね」と小山内も酒井も口を揃えて言った。

黒のパンツに上は白いベージュ系で長袖のブラウスに大きなネックレス、大人びた服装、妹達も長袖のワンピースに着替えた。

洞窟の中が寒いから、小山内達が考慮した服装だ。

リボンの可愛いローエッジのパンプスを色違いで三人が履いて「滑ると危ないからね」と言う。

麗香のストレートの黒髪を束ねるとバレッタで留めて、イヤリング、メイクを小山内が麗香の顔を引き立たせる。

しばらくして「これで出来上がりよ」と言ったのをみんなが見て「これは撮影迄大変だ」と政子が言う。

「人気出過ぎる」と秀夫も見とれる。

「お姉ちゃん別人みたい」と舞が言うのだ。

「観光客が有名タレントと間違うよ」混雑は避けれそうになかった。

三人とも髪は伸ばしていたからアレンジが色々出来た。

それは澄子の趣味だったのかも知れないが？

「バスは此処で待って居ますから」と運転手の星が微笑みながら言った。

「叔父さんだけね、残るのは」

「寂しいね」と星が笑って見送ると11人は洞窟に歩いて行く。

「私ね、初めてよ、楽しみ」

舞が嬉しそうに喋りながら、先頭に成って歩く、酒井と手を繋いで歩く舞を見て「舞、遠足気分ね」聡未が笑う。

そんな様子をビデオで撮影する結城、機材を運ぶ二人は歩くのは中々大変だ。

麗香の姿を見て振り返るお客の数が、ドンドン増えるのが麗香の美しさが、世間に認められていると秀夫も政子も感じていた。

中にはサインを求める観光客も出て来て、周りをガードしないと行けない状態に成った。

「これで週刊誌にでも載っていたら大変だったわ」

「素人でこの状態だからね」

「みなさん、タレントではないので、サインも何も出来ませんよ」と大声で大門が叫んだ。

今までメイクの経験が無いから、自分がどれ程輝いているのか判らなかった麗香だ。

この雰囲気は異常、観光客の若者が有名なグループ名を叫んで、そのメンバー？　と聞いた。

「麗香の方が綺麗だろう」と秀夫が言うと「人の山が移動しているわ」政子が嬉しそうに言う。

すると誰かが言い出したのか、若い男性が「麗香！」と叫ぶと色々な場所から「麗香」『麗香』と大きく成る。

「すみません、撮影出来ないからお静かにお願いします」と秀夫が大声で叫んで落ち着いたのだった。

鍾乳洞の中の一角に場所を固定で撮影するしか方法が無かった。

それ以外は自然に撮影をして、麗香達が歩く姿を自然に撮影した。

「秋吉台に移動しょう」そう言って一行は早々に鍾乳洞を後にした。

この騒動の様子も撮影して、宣伝に使う予定に成っていた。

車に乗ると次の衣装に着替えて、秋吉台に向かった。

「また、お洋服着替えるの？　嬉しいな」喜ぶ舞だ。

今度は草原に岩肌が出た独特の地形の中での撮影なので、人も居ない場所を選んで次々と撮影を消化して行くのだった。

服装を変え場所を少し変えて、「モデルも大変ね」と見ている聡未が言うのだった。

急に「はい、三人の撮影も」と言われて二人は、ポーズをするのだ。

「あの三人、素質有るよね、舞ちゃんはモデル向きね」と酒井が微笑みながら言うのだった。

「時間余りそう、長府庭園に移動だ」秀夫が言う。

「着物が良いけれど、髪のアップは、バスでは無理ね」

「着物だけ、着せて」

「はい」

車が移動しながらの着替えだ。

秀夫が政子に「あのおチビちゃん達も契約しとこうか？」

「倍の6年で百万なら、良いかな？」

「下はそれで良いけれど、聡未ちゃんは、来年には使えるよ、麗香ちゃんの人気次第だけれど」

「そうだね、百五十万にするか」

二人はもう麗香がスターに成って、妹達の権利も自分達がと、夢を見ていた。

今回の撮影も、当初は夢の話しだった。

勿論週刊誌の記者達に渡す鼻薬が、有る訳も無かった。

今回の撮影ロケにも何千万と使っていた。

二人にこんな事は実際、夢でしかなかったのだが、麗香が夏休みに成ってから、新人の売り込みに連れて廻る位で終わる。

そこで大手からこの麗香ちゃん可愛いから、うちで育てさせてと言われれば権利を売るのが限界だっただろう。

自分達の力だけでスターを作る喜びを味わっていたのかも知れない。

長府庭園の庭で数百枚の写真を撮影した。

ロケバスは疲れたスタッフと、好奇心旺盛な三人を乗せて、今夜と明日の宿泊の旅館に到着した。

「男性一部屋、女性一部屋ですので、後ほどささやかな宴をしますので」と政子が説明した。

「立派な、旅館ですね」と口々に言うスタッフ達。

「撮影ロケでは泊まらないよね」

「社長奮発したね」と口々に言った。

「お姉ちゃんのお陰です、こんな良い旅館に、聡未嬉しい」

「私も」と舞が麗香の腕を引っ張る。

湯本温泉でも一流の旅館で、一行は二日間泊まるのだ。

大浴場に湯船に浸かりながら「暁プロ、凄くない?」と話す。

「そうですね、無名の新人で期待は出来る子だとは思いますが」

「今回の撮影旅行、金かかっていますよ」

カメラマン新藤、結城、運転手星、助手の前田の四人で話していた。

「宝くじでも当たらないと、この様な事出来ませんよね」

「宝くじ?」

「いやー豪勢な、お金の使い方にね」

「でも、麗香って女の子、将来有望は、間違いない」結城が確信した様に話す。

「社長は別の部屋で、奥さんと一緒らしいから」

「部屋に風呂付いているとか言っていましたね」

「やはり、宝くじ？」

「確かにあの三姉妹が宝くじかも知れませんがね」

男湯での会話に対して女湯では、酒井、小山内、麗香、聡未、舞、沙紀が「初めてで疲れた？」と背伸びをしている。

「いいえ、楽しかったです」

「麗香さん、肌も綺麗ね」

「私達と十歳以上離れているのよ、当然よ」と酒井が笑いながら言うと「私、近いけれど大差です」と沙紀が言って笑う。

舞と、聡未は露天風呂で騒いでいる。

「子供だね」

「小学生ですから、大きいお風呂が珍しい」

麗香が自宅の風呂ではとても味わえないから妹達は、喜んでいると微笑んで見ていた。

「わー、凄い、ご馳走」

宴会の部屋に膳が並べられて、料理の多さに舞がびっくりする。

「舞ちゃん、残しても良いからね、同じ物にしたから、多いかも」と政子が言うと「食べられます」と舞が席に座る。

冒頭秀夫が挨拶をして、政子の乾杯の発声で食事が始まった。

しばらくすると舞は最初に並んでいる物で終わりかと思っていたらしく、次々に運ばれる料理に「まだ、来るの？」とお腹を触って満腹のポーズをしたのだ。

その様子に全員が笑うと、和やかな宴会に成っていた。

しばらくして「三人でゲームコーナーにでも行って来たら？」と言われて大人達の会話と、お酒に付いていけないと思ったのか、政子が勧めて三人は出て行った。

「みんな、あの三姉妹をどう思った？」秀夫が聞く。

「麗香ちゃんも良いけれど、妹達も中々の逸材ですね」

「やはりね」

「妹達も契約する事にするわ」政子が嬉しそうに言うと「三人の写真もう少し増やさないと、ですね」新藤が言う。

「妹達の衣装もう少し沢山持って来れば良かった」

「そうね、衣装も終わったら、子供達にあげて」

「すぐ成長するからね」

酒が入ると本音とも冗談とも思える発言が良く出るのだが「社長、宝くじ当てましたね！」と星が言ったので、秀夫と政子は顔を見合わせて、一気に酔いが醒めた。

一同も一瞬静寂に成って「だって、あの三姉妹は宝くじ当てたみたいじゃあ、ないですか」

秀夫はホッとした表情で「本当だよ、暁プロが宝くじで億万長者だ」と笑ったが、一瞬ドキリとしたのだった。

七話　狙われた麗香

明日も頑張ろうで宴会は終了して、明日は角島に向かう事に成っていた。

「心臓が出て来そうだったわ」

「俺も同じだったよ、知っているのかと思ってしまった」

秀夫と政子は安堵の表情で露天風呂付の部屋に帰って行った。

角島はツノシマと呼ばれて、下関市豊北町の沖に浮かぶ小さな島、玄武岩台地の島。

今日の好天で本州と角島を結ぶ角島大橋は、コバルトブルーの海に吸い込まれそうだった。

「綺麗」と感嘆の声がバスの中に溢れる。

「素晴らしい」と各人が見とれるほどの絶景だ。

「好天なので、レンタカー借りているから、写して」政子が話す。

オープンの車に麗香を乗せて、髪を靡かせて撮影予定だ。

「水着と二種類撮影します」新藤が言うと、目の前に真っ赤なスポーツカーがもう待って居た。

「此処はこの橋と、灯台がメインだからね」と政子。

「外海も綺麗だからな」と秀夫も遠くを見て話す。


しばらくして麗香は、水着の上に普通の服を着て、撮影を交互にスポーツカーで撮影、水着は今日の天気だと寒くなくて良かった。

「良い絵が撮影出来ました」と新藤が言って、灯台に向かうと、此処でも洋服と水着で交互に撮影をした。

「今日は私達、お休み?」と舞が寂しそうに言うと「次三人で撮ろう」の新藤の声に急に元気になる舞だ。

狭い灯台の階段を上がったり下りたり、忙しく撮影が続くのだった。

好天で外海の遠くは海の色が青黒く見えて深い感じを、表している。

遠くに大きな船が線を描いて進む、波が殆ど無くて海面を滑走出来る様に見えた。

「歩けるのかな？」舞がその景色を見て言うと「歩けたら魚住めない」と聡未が言って笑いながら、遅めのお昼のお弁当を食べていたのだ。

その時政子に電話が有って「昨日の秋芳洞で騒ぎが有ったそうですね」と芸能記者が話すと「早いわね」と笑う政子。

「例の女の子でしょう」と確かめるように尋ねる記者。

「そうですよ、有名グループと間違われて大変だったのよ」と嬉しそうに言う。

「あの写真の子なら当然でしょう」

「あの写真は自然だけれど、今回はメイクしたからね」

「もっと良く成った！　綺麗にね！　当たりでしょう」

「その通り、ネタ送るから書いてよ」政子はこれでまた人気が出ると思う。

「任せて下さい」

この芸能記者、菅井史郎は新人の記事を書かせたら最高に上手で、噂を流すのも早く最高の男だった。

政子は徐々に構築されて行く階段に、麗香を連れて登るのだと思っていた。

夕方早めに角島をロケバスは旅館に戻っていった。

明日から青海島での撮影だ。

船を借りて小さな船とモーターボートを借りて海からの撮影を計画していた。

カメラマンと助手の四人は別れて、明日からの打ち合わせに出掛けて行った。

カメラマンが留守なら三姉妹は完全に子供状態で慣れも手伝って、バスの中から旅館でも遊び廻っていたのだ。

まだ、恋愛も何も知らない中学生に戻っている麗香を政子が見ながら「これから荒波が、三人を飲み込んでゆくね」と政子が言うと秀夫が聞いて「上手に波に乗せてあげるのが我々の役目だね」としみじみと言った。


旅館に戻って、明日から青海島で二日間の撮影計画を政子と煮詰める秀夫だった。

「こんな良い部屋に泊まれたのも、最高だったわね」政子は嬉しそう。

「ほんとうだ、感謝だね、夢が舞い降りたから実現出来たね」と感慨深く言った。

翌日ロケバスに十二人が乗って青海島に、青海大橋を渡ると北長門海岸国定公園の中に有る有名な景勝地で、東西北は日本海の荒波に浸食された断崖、絶壁、洞窟、石柱、岩礁が十六キロにわたって、変化に富んだ景色を演出している。

この島の一角にあるホテルに今日から連泊して、沢山の撮影を予定していた。

船着き場にロケバスを停車して、昨日と同じく水着の上に服を着て船に乗り込んだ。

モーターボートにカメラマン一人が、助手の前田と乗って撮影が始まった。

昨日に比べると風が少し有って、岩に波しぶきが当たって白く濁って見える。

「あれ、何に似ている？」

「あれは？」と舞と聡未が指を差して言う。

黄金洞、蝙蝠《コウモリ》洞、十六羅漢なぞが点在している奇岩の風景で楽しんでいる。

島見門ではボートが近づき独特のアングルから、服と水着を撮影して、ホテルで水着だけの撮影も予定していた。

今はセパレートだけでホテルではスクール水着にビキニも撮影予定だった。

夜は海の幸で一杯飲みながら大人達は楽しんだ。

青海島二日目は風景と水着の撮影で一日が終わった。

最終日は早く出発して萩の町並みをバックに撮影、自転車の制服の写真も、柳井の姿とダブらせて掲載予定の為に、妹達も二日目は沢山撮影して貰って上機嫌だった。

その日の夜遅く自宅の柳井で三人はロケバスを降りた。

撮影で使った服装は総て三人に与えたから、大喜びで自宅に帰っていった。

その後ロケバスはそのまま途中休憩をしながら、東京迄帰っていった。

「終わったね、ご苦労さん」

秀夫がみんなにお礼を述べて朝の町で解散に成った。

これから編集作業とＰＲ活動が待っていた。


望月の家では帰った夜から三人の話しが延々と続いて「また、明日聞くから、寝ましょう」と母澄子が言うまで続いた。

澄子は麗香がこの仕事が終わって、何か変わったと感じていた。

人に見られる顔に成っていたから、何千枚と云う撮影の中で自分が覚えたのだろう、益々美しく成ったと感じていた。


翌日早速学校に三人は急いで走る二人と、自転車で登校する麗香のいつもの風景に戻っていた。

学校では澄子と同じく沢山の生徒が麗香の存在に、気づき始めていたのだ。

同級生達は尾形の彼女だから話しかけないが、上級生はそれを知らないから、話しかけて来る。

数日過ぎた放課後。

「お前、望月って図書館の足の悪い男の子供か」と安西郁夫が自分の友達二人と、麗香の自転車の前に立った。

安西郁夫は地元建設会社社長の息子で、前回の選挙では父が市会議員に初当選して勢いが有った。

「交通事故で怪我して、足が悪く成ったのです」と怒った様に言う麗香。

「チョット、一緒に来て貰おうか」と怖い感じで言う。

「用事が有るなら、此処で言って下さい」

麗香から見れば高校三年は大人に見えた。

「此処では、何も出来ないだろう」と郁夫が言う。

「何をするのですか?」強い調子で聞く麗香。

「そう、聞き直されると言い難いな、俺たちが気持ち良い事してあげようか?　って、言っているの」

「結構です、私忙しいので帰ります」

そう言って自転車を前に押すと、前にいた山崎勇の胸に自転車が当たる。

「何をするのだ、痛いじゃないか」と怒る山崎。

「邪魔するからでしょう」と麗香が言う。

「可愛い顔して気の強い女だ」

「連れて行きましょうよ」

大木一が横から、麗香の腕を掴む安西がもう一方の腕を掴む。

「行こうで」と無理矢理引っ張る。

「嫌よ、離して」と逃げる様に言う。

山崎が自転車を取り上げる。

「返してよ」

「もう要らない」と笑いながら言う。

二人が麗香を引きずってゆく、時々学生がすれ違うが何も言わない、山崎が自転車を押して付いて来る。

近くに安西の倉庫が有るから、そこに連れて行こうとしていた。

「きやー」突然大きな声の麗香。

安西が不意に麗香の胸を触った。

「良い乳しているな」と笑う郁夫。

「何するの」と怒る。

「もうすぐ。ゆっくり触ってあげるよ」

「止めてよ、警察に言うわよ」益々怒る。

「言えるなら言えば」と郁夫が言う。

大木が「俺たちはお前を頂けば良いから」と笑う。

安西の倉庫の前に来たら、木の棒を持った尾形が仁王立ちで居た。

「お前何者だ」と郁夫が驚いて尋ねる。

「望月さんを離せ」尾形が高飛車に言うと「お前はアホか、俺たちに勝てると思っているのか」

安西郁夫が笑う。

「三対一で勝てると?」山崎も馬鹿にして言う。

麗香を離して転がっている角材を手に持って、尾形に襲いかかって行った。

麗香は大丈夫なの？　尾形君一人で、二人共怪我をしてしまいそうで心配だった。

八話　町中が知った

尾形は一撃を右にかわして、山崎の手首に一撃を与えた。

「あー、痛い腕が折れた」と騒ぐ山崎、大木も角材で襲いかかる。

次は尾形が左にかわして今度は肩に一撃を与えた。

「痛いーー、肩が」そう言って角材を落とした。

「望月さん、帰ろう」

そう言いながら自転車を起こしている時に、安西が襲いかかった。

尾形が素早くかわして脇腹に一撃を与えた。

「うーー」と安西はその場に倒れた。

「行こう」自転車を持って麗香に自転車を渡した。

「有難うございます、危ない処を」とお礼を言ったが、余りの強さに言葉を失っていた。

「変なのが多いから気を付けて帰れよ」と自宅の途中で言うと「尾形君ありがとう」

そう言って尾形の頬にキスをしたら良樹の頬が赤く染まってしまった。

前から麗香には好意を持っていたから嬉しかったのだ。

「尾形君強いね」

「子供の頃から兄貴と一緒に剣道していたからね」

「何故？　此処が判ったの？」

「同級生が教えてくれたから、安西あそこによく女の子を連れ込むと聞いていたから」

「でも尾形君が来てくれなかったら、私、私……」そう言いながら泣き出した。

「おいおい、今頃泣くなよ、俺が泣かしているみたいじゃないか」と面食らう尾形は麗香の家の近くまで送ってくれて帰って行った。


安西、大木、山崎は次の日から包帯姿だった。

「あれは、何者だ」

「強すぎます」と三人は麗香の彼氏だと聞いて震え上がった。

もし強姦していたら「俺たちあの世だったな」素人と剣道三段では相手にならないのだ。


その次の日、柳井の町が騒がしく成ったのだ。

週刊誌に麗香がシークレット女子高生と書かれていたが、地元では直ぐに判る。

写真は菜種の河原だけれど、場所が直ぐに判ったから、一番驚いたのは安西達だった。

「おい、俺たちあの女としなかったのが正解だった」と怯えた様に話す。

「芸能界は暴力団多いから、家族もみんな殺されるところだった」

「怖いですね」と三人が言って怯えていた。

安西は自宅に帰ると親父に「親父柳井からスターが出るらしい」と嬉しそうに話す。

「それは何の話しだ?」といきなりの話に驚く。

「週刊誌に出ているのだ、俺の高校で一年生の望月麗香が芸能界に」

「望月麗香?」と怪訝な顔。

「別嬪だよ、俺好み、いや合コンで知ったのだ」

「それで腰が痛いのか?」

「いや、そうじゃなくて、後援会作ったら、有名に成ると県会議員から国会議員も夢でないかも」

「そうか、国家議員か」と安西敏夫は息子に煽てられて、ニンマリするのだった。

澄子の職場でも同僚の住谷が「凄いね、これ麗香ちゃんだろう」と微笑んで尋ねた。

「はい」と澄子も嬉しい。

「もう有名人だね」と冷やかしを数人から受けていた。

当の本人は暁プロの政子から、サインを考えて練習するのよ、そう言われて自分の麗香をどの様に書こうかと練習していた。

父弘人も図書館で職員に「お嬢さん凄いわね」と言われて、嬉しいのか、恥ずかしいのか判らなかった。

尾形は複雑だった。

有名に成ると麗香が居なくなってしまう、先日の頬のキスを思い出していた。

尾形が身体障害者に親切だったのには訳が有った。

兄春樹が身体障害者だったから、その兄はもうこの世に居ないのだが、小学生の低学年から剣道を始めて、二人は一学年しか違わないから体格もそんなに差が無かったので練習も一緒に出来たのだ。

春樹が中学生に成った時、親父の車に乗っていて事故に遭遇してしまった。

交差点で、信号無視の車が激突したのだ。

親父は即死で春樹は重傷で障害者になったのだが、ある日自分で車いすを操作して、階段から落ちて死んでしまったのだ。

将来を悲観しての自殺で、それから良樹は悪に成った。

その後母親千絵は仕事に出た。

親父は交通事故で保険金は入ったが、生活の為に夜の仕事に行く様になって、男と一緒の姿も良樹は何度か見た。

寂しい母の姿だったが許せない気持も有った。

澄子と殆ど同じ年齢だが、澄子には家族がいる。

千絵には主人と息子を亡くした寂しさと、自分の若さには勝てなかった。

兄春樹が亡くなった時三十四歳だったから、良樹の夜は中学生から、いつも母の勤めが休みの日以外はいつも一人だった。

寂しい時間を過ごすのが多かった。


翌週には週刊誌にカラー写真で麗香の通学写真と、萩の町並みの麗香が掲載されたのだ。

通帳には二百五十万が振り込まれて「妹さん二人の契約金ですと政子が澄子に連絡をした」

「妹も、ですか?」と驚く澄子。

「先日も撮影させて頂きましたので」

「はあー」

「ギャラもお支払い致します」

「幾ら稼げるのでしょうか?」

「億は稼げると思いますが」

「億!」澄子の声が裏返った。

「美しいお嬢様をお生みに成ったからですよ」

「それでは麗香さんのギャラ含めて三百振り込みます」で電話が切れて、澄子は何が何だか判らなかった。

翌日には契約書が届き、妹二人も今後六年間の権利を暁プロが持ったのだった。

もう翌日からは学校でも澄子の職場でも知らない人が居なくなっていた。

取材の申し込みは総て暁プロに相談しなければ出来ない。

テレビ局、雑誌が申し込みをしてきたが、学業優先で休み期間なら、企画する事で合意したのだ。

だが鼻薬の効果と写真の提供で、今度は秋吉台と鍾乳洞の記事が、別の週刊誌に掲載されて麗香の人気は高まっていった。

その次の週にはテレビ局が夏休みに、無人島で三人姉妹と有名タレントの冒険の企画が舞い込んできた。

瀬戸内海の無人島で一週間生活する企画、比較的近い島を選んで、女五人の無人島生活、有名タレントが麗香の引き立て役に成ってしまう企画、だ。

実際はスタッフを始め大勢居るのだが、テレビに映るのは五人だけなのだった。

前後入れて十日間の撮影。

「これで、一気に人気出るわね」

「流石、菅井さんだわ」政子は感心するのだった。


麗香は先日助けて貰ったお礼にと尾形に「今度の休みに遊びに行きませんか?」

「えー、有名人なのに、大丈夫」嬉しいのに、気を使う尾形。

「少し離れた、宮島に朝からデート、わ?」

「本当に?」驚く尾形。

「ええー、今お礼しないと時間が無くなりそうだから」

「次の日曜に行く事にする?」良樹は嬉しそうに答えた。

「はい、10時頃に駅で」麗香が微笑んで約束をした。

母澄子に麗香は正直に話した。

「これ持って行きなさい」とお金をくれたのだ。

「彼の事好きなの?」

黙って頷く麗香。

あの事件の後、良樹は自分の家の話しをしていた。

父と兄の事故その後の自殺、母の寂しい事も、麗香は涙を流しながら聞いていたのだった。

交通事故が原因で我が家も不幸に成ったから良く理解出来た。

そして今、良樹が一人ぼっちで有る事も、だから何処かに連れて行ってあげたかったのだ。

安西敏夫は息子に言われて、乗り気では無かったが後援会を作る事にした。

将来、麗香の人気に自分が乗っかれば、国会議員も夢ではないと煽てられたからだ。

だがこの安西には人には言えない秘密が有ったのだ。

それは数年前、酒を飲んで人を跳ねてしまったのだ。

幸い誰にも見られて無かったのか、警察も調べに来ていなかったので助かったと思っていた。

それが麗香の父とは、本人も周りの誰も知らないのだった。

唯、安西敏夫は自分の罪の恐怖は持っていて、飲酒のひき逃げで重犯罪だから、もう五年以上経過しているから大丈夫だとは思っていても、不安が付きまとうのも事実だった。

日曜日に成って母は、麗香にもし必要になったら使いなさいと、お金とゴムを渡した。

「これは?」と包みに驚く麗香。

「もしもよ、泣くのは女だからね」

「幾ら、好きでも高校生では困るよ、貴女もこれからスターに成るのでしょう、だから注意はしないと駄目でしょう」

澄子は以前麗香が話していた事が頭に有った。

「SEXの経験をしないと芸が上達しない」の言葉だった。

麗香は多分自分の好きな男とSEXに成るだろうと、澄子は思っていたからだ。

九話　初デート

麗香の写真集の発売を七月末として、予約の受付を始めた。

発売と同時に八月には、テレビが放送されるから相乗効果を狙ったのだ。

日曜日の朝、柳井の駅に麗香は居て、良樹を待っていた。

夏を思わせる様な日差しが照りつけて、白の半袖のポロシャツで良樹は走って来た。

「待った」微笑みながら言う良樹。

「今、来たのよ」と笑顔の麗香。

売店の叔母さんが二人に気づいて「おお、麗香ちゃん、デート?」と声をかけた。

麗香は軽く会釈をして、微笑んだ。

「もう直ぐ、デートも出来ないだろう」と微笑む店員。

「そんな事」とはにかむ麗香。

「人気出ると、いつも誰かが見ているからね」

そう言われて二人は急に周りを見回した。

幸い誰も居ないようだ。

しばらくして電車がホームに来て、その電車に菅井が乗っていた。

下車するために、扉の前に居た。

目の前に麗香が男の子と居るではないか、慌てて座席に戻って、二人が乗り込むのを待った。

菅井がこれは、何という偶然だ！　麗香初のスキャンダルに遭遇するとは、今取材して、麗香の人気がもっと上がった時に出せばぼろ儲けだと、ワクワクしながら尾行をするのだった。

菅井は一度麗香の生活を見ておきたいと思って、昨日から九州、そして柳井に来ていた。

もう菅井の耳にはテレビの放送が決まっている事は、充分承知の事だった。

あの若者は多分高校生だろう、同級生？　キスでもするかも？　それ以上？　と将来のスターの知らない世界に胸が躍る菅井だった。

電車は終点の岩国に到着して、いつの間にか二人は手を繋いでいる。

菅井は恋人に違いないな、どんな結末に成っても麗香が有名に成れば使えるスクープだ！

小さなカメラで撮り始めていた。

二人は広島行きに乗り換えた。

広島迄行くのだろうか？

町に遊びに出るなら広島だが、菅井の隣に座った女子二人が「あの子、麗香？」と小さな声で話し始めた。

「週刊誌に出ていた？」ともう一人が尋ねている。

「そうよ、あんな、可愛い子直ぐに目立つよ」

菅井がこれは不味いと思った。

声が聞こえた周りの人が一斉に麗香を見るのだ。

「ほんと、可愛い」と一人が言う。

「綺麗」と別の女の子が言う。

「あの男の子は？」と尾形を見て言う。

「恋人？」と話し始めた。

大野浦の駅を過ぎると大胆な若者が「麗香さん？」と直接質問した。

良樹が怖い顔に成ったのを麗香が止めた。

「よく似ているって言われるの」と笑った。

その笑った顔がまた可愛いのだ。

質問した若者が「そうですか？　麗香さんだと思ったのですが？」と会釈をして謝った。

「ごめんね、私彼氏が居るからね」と目で会釈をした。

チェックのスカートに白の半袖のブラウス、余り目立たない服装にしたのにと麗香は思っていた。

「危なかったね」と良樹に耳元で囁いた。

良樹の顔が怖いから、穏やかな嬉しい顔に変わった。

麗香の声が耳に甘い香りを運んだから、良樹には最高の一時だ。

やがて宮島口に到着して、二人は一目散に改札を出て、手を繋いで走って行った。

誰かが付いて来るのを避ける為に走った。

菅井は「あー、早い」とため息をついていた。

此処で降りたら多分宮島に行くのだと半分は安心と思いながら、フェリー乗り場に向かう菅井だ。

フェリー乗り場で切符を買う、麗香に「俺が出す」と良樹が言う。

「大丈夫よ、私、稼いでいるから、こう見えてもスターよ」と言ったら、周りから「あっ、麗香ちゃんだ」と声があがる。

「本当だ、可愛い」と今度は別の人が言う。

「おおー、綺麗」とみんなが集まってきて、カメラを向ける。

「馬鹿か！」良樹が言いながら右の方に走って行くと、近くのお店に入り難を逃れた。

「いらっしゃい」と店員が言う。

もみじ饅頭のお土産屋で、焼きたてを販売していた。

「カスタードとこしあんを二個ずつ下さい」麗香は思わず注文した。

フェリーを一便遅らせて、乗り込む二人に、丁度遅れていた菅井が追いつくのだった。

「カメラ持って来たのだ、写してもいいかな?」尾形がフェリーの中で言う。

「良いよ」と笑顔の麗香。

「あの叔父さんにシャッターお願いしましょうよ」と麗香が指を指す、それは菅井だった。

どうなっているのだ俺が?　渋々二人を写す菅井だった。

こんなに真正面から撮影した事無いよ、隠し撮り専門の菅井は苦笑していた。

宮島を見て「大鳥居よ、でかいね」と麗香が指を指した。

「こんなに遠くから見えるから近くに行くと大きいよ」尾形が話す。

菅井は二人の会話が聞こえる場所に居た。

フェリーが宮島に到着、二人は手を繋いで土産物店の並ぶ商店街に入っていった。

中には麗香に見とれる若者もいて「何処かで見なかった」友達にそう言って指をさすのだ。

麗香は「これこれ、面白いよ」と杓文字の小さなペンダントに名前を書いて売っているのを見ている。

「これ買おうか」と尾形が言う。

店員が「此処にお互いの名前を書くのです」と説明をする。

「じゃあ、こちらに良樹ね、こちらに麗香ね」と言うと、小さな処に良樹と書き込む。

麗香と書きながら店員が麗香の顔を何度も見る。

清算が終わって「思い出した、貴女週刊誌の麗香さんでしょう」と大きな声を発した。

「違います、人違いです」と言う間に、数十人が麗香を囲んで、カメラを向ける若者。

「可愛い」

「綺麗」

「写真より実物が綺麗」とか騒ぐ。

「すみません、すみません」と言いながら手を引っ張って移動を開始した。

良樹がかき分けて進む姿を、菅井はその光景に、来年なら歩けないだろうなと苦笑いをするのだった。

しばらく歩くと商店街を抜けて、鹿がウロウロしている参道に出た。

「もう、名前は止めよう」

「呼んだら駄目だよ」と言う良樹は、凄い人を恋人にしているのだと改めて感じた。

「お腹空いたね」

「ここ人多いから、神社の向こうで食べよう」と指を指す。

「ほら、もうすぐ潮が引いて大鳥居に歩けるよ」

「早く、食べて戻ろう」

厳島神社の境内の参拝券を買って、朱塗りの欄干でポーズをすると、関係無い人がカメラで麗香を撮影する。

五日間のモデルで覚えた仕草、ポーズはプロそのものだった。

外人の観光客も多くて「写真良いですか？」と麗香に断って撮影する。

中には写しましょうかと、良樹のカメラで一緒にポーズをする麗香だった。

「お賽銭」

そう言って良樹は十円玉を賽銭箱に投げ入れた。

麗香も百円を投げ入れて、お互い数分間手を合わせて、お祈りをした。

そして「おみくじ買おう」

「二枚下さい」

「わー、大吉」と叫ぶ麗香。

「僕も大吉だ、麗香も凄い」と思わず叫んだら「麗香ちゃん、此処にいた」と向こうから走ってくる。

「やばい！」麗香の手を引っ張って走る。

「あの、食堂に入ろう」そう言って飛び込んだ。

「馬鹿ね、あんな大声出すからよ」と笑いながら息を整える二人だった。

「焼き穴子の定食、牡蠣フライ定食」と店員に注文する。

「お金は心配しないでね、私がお礼に連れて来たのだからね」と微笑む。

「悪いな」

「良いのよ、貴方が助けてくれなかったら、今の私は居ないからね」とまた微笑む。

「お兄ちゃん、可愛い子連れているな」

隣の席の叔父さんが赤い顔して言うが、酔っ払っているのが判る。

「はあ」と照れる良樹。

「もう、キスはしたのか?」そう言われて、二人は酔っ払いと変わらない顔に成った。

「食事終わったら、大鳥居まで行きましょう」と麗香が話す。

「その後はロープウェイに乗って山に登ろうか」

定食が運ばれて来て、若い二人は食べるのも早い。

「もう、食べたのか」隣の酔っ払いが言う。

「頑張って、チューしなよ」と言われて、転けそうに成る二人だった。


引き潮の石ころばかりの砂浜を「歩ける、歩ける」と嬉しそうな二人。

そう言って海水の引いた場所の水たまりを避けながら、大鳥居に到着すると見上げて「デカイ」と良樹が言う。

カメラでポーズをする麗香を撮影する。

その時「良いですか?」そう言いながら一緒に撮影するアマチュアのカメラマン。

「私、アマチュアのカメラマンの井上輝男と言います」と名刺を差し出した。

「貴方達の写真を撮らせて貰えませんか?」といきなり言い出した。

「えー」と驚く二人。
「コンクールに出したいので、勿論写真は出来上がったら自宅に送ります」
「良樹、アマチュアなら、私達も撮影して貰いましょう」と麗香が言うので。
「君が良ければ」そう言って、鳥居の近くで撮影を井上は始めた。
男は要らないの、だけれどと思いながら成るべく麗香を撮影する井上だった。
「それじゃ、これ住所です」と良樹は自分の住所を書いた。
「柳井か、送っておきます」とお辞儀をする。
「僕ら今から弥山に登ります」と尾形が言うと手を繋いで、砂浜を後にした。
「ありがとう」そう言って二人が去って、井上は先程の写真を眺めていた。
良い写真撮影出来たモデルも最高だったと思った。

十話　キス

井上はこの女の子綺麗でポーズも上手だったな、まてよ？　柳井？　と写真を見直した。

「麗香だ！」井上は直ぐに後を追った。

アマチュアでも写真の値段は判る。

麗香のモデル料を考えると、先程十枚程撮影したけれど、それもプライベートの写真なんて、超貴重品それもこれから人気に成る有望株、今一緒の男彼氏?　しまったもっと上手に撮影すれば良かったと悔しがる。

若者の足は速いので、菅井も二人を見失っていた。

紅葉谷公園の新緑の紅葉を見て「此処は秋には綺麗でしょうね、今度は此処で紅葉の時に撮影したいわ」と言う麗香。

「あれがロープウェイだね」

二人が乗り込んで数分後に井上が汗を拭きながら、来たが出発した後だった。

「この山は小学生の遠足で来たよね」と話す尾形。

「そうだった?」と記憶を手繰る麗香。

「この上にライオンの頭に見える岩が有る」と尾形が教えてくれたが、麗香は始めてだった。

その日は父弘人の事故でバス旅行に参加していなかった。

ロープウェイを降りると、本当にライオンの頭の様な形の岩がそびえていた。

「ほら、覚えていないの?」と尋ねる。

「知らないわ?」と麗香は思い出せない。

「変だな、同じ学校なのに？」と尾形が首を傾げる。

「あっ」麗香は思い出した。

バス旅行に行けなかった日を……。

「展望台まで行こうか？」

良樹が元気に登って行く、麗香は急に元気が無くなって、余り喋らない麗香。

「休憩しょうか」弥山本堂の前の石に腰を下ろした。

「小学生の時は遠いと思ったけれど、意外と近いね」そう言うと、麗香が急に泣き出した。

「どうしたの？」そう言って本堂の裏手に連れていって、隠れて尋ね様とした。

麗香は泣きながら「その日お父さんの事故で行けなかった」と言ったので、良樹は驚いた。

大変な事を言ってしまったと思って「ごめんね、ごめんね、知らなかった」と肩を抱いた。

自分の父も兄も交通事故で失っているから、麗香の悲しみは痛い程判った。

二人は泣いて、肩を抱き寄せ、そして良樹が麗香にキスをしていた。

お互い初めてだったが、良樹の唇に麗香がまた求めて、二人は長い時間離れなかった。

その後身体が汗と興奮で熱い二人は、一気に展望台まで駆け上がった。

展望台の景色と風が二人の気持ちを爽快にさせた。

「ごめんな」と謝る良樹。

「いいのよ」麗香は小さく言った。

それは何にたいしてなのか？

しばらく景色を見て、展望台から降りて行くと先程の井上が、汗を拭きながら漸く上がってきた。

「もう少しですよ、頑張って」と麗香が声を掛けて山を下りて行った。

「あの、写真を」と叫んだ時に二人の姿は見えなくなっていた。

俺は何をする為に登ってきたのだと悔しがった。

一目散に山を降りると、時間が気になって、二人はそのまま、お土産を買って柳井に帰っていった。

菅井も二人の若さと早さについて行けないで、見失ったまま、無駄な時間を使ったのだった。

その日にキス以上の事は起こらなかったが、二人の絆は強くなって本当に愛し合う様に成りそうだった。

下校の時間を合わせて二人が一緒に遊びに行ったり、麗香の家に遊びに来たり和やかだった。

夏休みの企画で一層麗香の人気が上がると、三人の知名度がもうなぎ登りに成って、いよいよ三人の後援会が発足する事に成った。

安西建築の社長が後援会長と成って発足した。

全国から会員が集まり、日に日に数が増加していくのだった。

三人は芸能レッスンを夏から勉強する事になった。

態々《わざわざ》広島から三人の為に講師が来て、日替わりでそれも安西が場所を提供したのだった。

麗香はそれでも時間が有れば良樹と過ごして、時間が無ければメール、電話をお互いがする。

世間の目が有るので中々会えない時も多く、学校の勉強以外のレッスンにも時間が必要だからだ。

秋に成ると学校を休まなければ出来ない事も時には起こって、岩国空港から全国各地に行く機会も多くなった。

暁プロでは政子が麗香の専属の様に振る舞っていたが、東京と柳井では余りにも離れて居るので、誰かが常駐で柳井に事務所を作って、三人の色々な問題を東京と連絡する女性を雇った。

足立愛美二十八歳、大手の専属だったが政子が引き抜いたのだ。

彼女は独身で優秀だから、マネージメントの腕を高く買っていたのだ。

安西の提供したレッスン場に、後援会の事務所と足立が生活を出来る設備が完成した。

流石に建築専門だ二階が住居に変わり、一階が事務所、そしてレッスン場にはピアノを始めとして様々な器具が設置された。

看板には麗香後援会事務所、暁プロダクション山口事務所と書かれた。

秋には映画の話しが東京の暁プロに打診が有った。

麗香の黒髪に的を絞った様な企画に政子が難色を示す。

いつもの哀しい恋愛、白血病の少女の話、髪が無くなる設定で殆ど髪の綺麗な新人女優が狙われる。

そこそこ、ヒットはするのだがその後のイメージが変わってしまうと、鬘でも無理と独断で断るのだった。

それより、清楚黒髪三姉妹が最後は使いたい！　それが政子の夢だった。

現実の美人三姉妹の物語、それは舞が高校生に成れば出来るだろう、それまではイメージを壊したくないこれが政子の考えだった。

結局映画は往年の大女優のリメイク版を麗香で撮影が決まった。

来年の冬、春休みの撮影に成るのだ。

麗香と良樹は二人の時間を作って、また宮島に秋の紅葉の時に行く事にしていた。

麗香はもう変装をしなければ、中々観光地には行けない状態に成っていた。

もう二人は一泊泊まりで行く事を決めていた。

母の澄子も知っていた。

二人が愛し合っている事を、それは自分と弘人が駆け落ちの様な恋愛だったから、それを避けたい気持ちもあった。

高校生でも身体はもう大人だ。

髪を纏めて帽子を被り、サングラスをかけ、パンツスタイルにジャンパーと地味な姿だった。

翌日この地で後援会主催の望月麗香の紅葉撮影会が有るから、一日前に麗香は良樹と来ていた。

「初夏とはまったく違うね」と景色を思い出して良樹が言う。

「そうね、紅葉が綺麗だわ」と麗香も変化に驚いていた。

「君も凄く綺麗に成った」と褒める。

「ありがとう」と微笑む。

紅葉は今が最高の色合いを見せていた。

「明日の撮影会は最高ね」

「今日から来ている事、何人知っているの？」

「足立さんと母かな？」

「僕は明日帰るよ、早くにね」と良樹が迷惑をかけたく無いとの思いで言う。

「そうね、口五月蝿い人に見つかると困るからね」

「あそこの旅館だ」と麗香が指をさす。

今夜を逃すともう良樹とは多分、結ばれないだろうと麗香は考えていた。

自分の人気が上がると同時に、良樹が遠くに行く様な気持がしていた。

部屋に露天風呂が有る処にしていた。

お風呂に帽子もサングラスも出来ないから、お風呂で正体がばれると大変なのだ。

翌日この旅館では、着替えの場所に成っていた。

部屋に入ってもサングラスを外さない麗香に、仲居は不審な顔をしていた。

何度も部屋に来るが、その度にサングラスをしていた。

トイレに隠れる事も有った。


「あそこの部屋のカップル若いわね」

「女の人の顔見てないけれど、心中じゃあ？」

「それなら高級な部屋には泊まらないでしょう」

「そりゃそうだ」

「それじゃあ、女の方が有名人？」

「決まり……」

「東京の有名なグループの一人が、彼氏と隠密旅行？」

「それも、有るわね」

「明日は地元の麗香の撮影会が有って、この旅館で着替えするらしいね」

「あの子は清純だわ」

「二年もすれば、清純ではないかも？」

「今来ている女の子も誰か？」

「有名人？」

「もう一度見てこよう」

仲居が再び部屋に来た時二人はキスをしていた。

「また来たよ」良樹が面倒そうに扉を開ける。

麗香はキスの余韻で窓の外を見ていた。

十一話　初体験

窓に映った麗香の顔を仲居の中山美奈子は見てしまった。

「あっ、麗香ちゃん」と口走った。

良樹が振り返ると麗香は「仲居さん、見なかった事にして貰えない」と頼みだした。

「お願いします」良樹も言う。

「私達愛し合っているの、私が有名に成って、中々会えないの、だから今夜だけで良いわ、黙っていて」

麗香がその大きな瞳から涙を流して言うと、化粧も何もしていないが綺麗だった。

その涙を見て、美奈子はこの二人は今夜しか会えないのかも？　と思った。

「判りました、秘密にするわ」と直ぐに答えた。

「ありがとう、ありがとう」と麗香が仲居の手を握りしめて言った。

「今夜は充分仲良く楽しんで、明日の撮影に行って」

四十歳の美奈子に若い二人の気持ちが伝わっていた。

調理場に戻ると「有名人じゃなかったわ」と笑顔で同僚に教えた。

「そうなの？」

「麗香ちゃんに間違われるから、サングラスしていたみたいよ」と嘘を考えて言った。

「あの可愛い麗香ちゃんに似た子がいるのだね」と言う仲居仲間。

仲居の美奈子は適当に二人が見られても、大丈夫な様に配慮するのだった。

食事処に行くのもサングラスで、個室に入ると外して二人は浴衣に着替えて無かった。

お互いの恥ずかしさが有ったから、豪華な食事を食べながら「あの仲居さん、いい人だったね」と良樹が言う。

「有り難いわ」

食事の味よりもこれからの事に頭が向いている二人だった。

今夜は私がリードしないと駄目ね、そう思った麗香は食事が終わって部屋に帰ると「良樹お風呂入ろう」と恥ずかしそうに言った。

「うん」と返事をするが、緊張が見える。

「私先に行くよ」と露天風呂に向かう麗香、少し遅れて良樹が付いて来る。

もう麗香は下着姿だった。

「良樹、大好きよ」そう言ってキスをするのだ。

麗香の綺麗な下着姿、もう良樹は興奮していた。

良樹のベルトを外して、ポロシャツを捲り上げる麗香。

やがて二人は露天風呂に裸で入った。

初めて見る麗香の乳房が宝石の様に輝いて見えた。

身体を寄せ合う二人、キスを繰り返すと良樹が暴発してしまって、麗香の身体に我慢が出来なかったのだった。

申し訳なさそうに「ごめん」と良樹が謝った。

「若いから、お互い初めてだから」と慰める。

お風呂から上がって、ベッドで二人がごろごろしていると、また元気に成って、キスをする。

「これ、使わないと」と急に思い出す麗香。

母に貰っていたゴムに時間をかけて装着して、二人はようやく結ばれた。

麗香は身体に電気が走った様に感じた。

良樹には一瞬の出来事だった。

「良かった？」と恥ずかしそうに尋ねる麗香。

「麗香は？」と優しく尋ねる。

「電気が走ったわ」そう言いながらまたキスをする二人だった。

その夜遅い時間に二人は二度目のＳＥＸをした。

少し上手に成った気がした二人だった。

翌朝、朝食を食べて「気を付けてね」と良樹を名残惜しそうに見送る麗香。

「麗香も頑張って、な」と体を抱き寄せて抱擁をする。

しばらくして「またメールするわ」と言う麗香。

「僕もするよ」そう言って二人は、早い時間に旅館を出て別れた。


しばらくして上着だけを着替えて帽子を脱いで、同じ旅館に足立と一緒に入ったのだった。

「いらっしゃいませ」と仲居の美奈子が微笑んだ。

「ありがとう」と小さな声で言った麗香に「どうしたの?」と不思議そうに尋ねた足立だった。

正午に成って後援会長安西の挨拶後、紅葉谷で麗香の撮影会が行われたのだった。


冬休みに成ると早速東京のスタジオで映画の撮影が始まる。

春休みにはロケの部分と麗香の学校に合わせて、スケジュールが組まれて、多忙な日々を送るのだった。

学校も遅刻、早退、欠席が多く成って中々良樹に会う機会が減少していった。

(寂しい)と送ると(頑張れ、柳井の大スター)と絵文字と一緒に返信されてきた。

公立高校だから優遇がない麗香は成績、出席日数ではギリギリ二年に進級出来た。

来年は少し頑張らないと大変ですよと、担任に言われた母澄子は複雑だった。

麗香の通帳には膨大な金額が記載されていた。

舞が中学を卒業する頃にはどの様に成っているのだろうと、澄子は子供達の将来に恐ろしささえ感じてきた。

高校二年に成って、高校だけは落第せずに何とか卒業を目指す為に、仕事の量を減らす。

聡未も高校受験で殆ど芸能活動を休止、舞も中学生に成ると少し子供から大人に変わってきた様だった。

映画が公開されるとまた人気が出る。

秀夫と政子の思惑は的中して、写真集、ビデオが売れに売れた。

タイミングを計った様に水着の写真集、ビデオを発売した。

今まで清純で露出度が少なかったから、一年前の撮影分が売れたのだ。

映画のヒットでテレビの仕事が打診されるが、中々柳井の田舎では対応出来ないのだった。

そうして、忙しい学業との両立で二年が過ぎ去った。

…………

人気は上昇の一途で麗香は卒業と同時に東京に、舞は一年遅れて東京の芸能関係の高校に入学して、麗香のマンションに住む様に成った。

聡未だけが高校三年生を柳井で過ごしていた。

去年からは本格的に東京で活動しているので、テレビ、映画、と引っ張りだこに成った。

来年にはいよいよ政子の三姉妹の企画が実現されようとしていた。

暁プロからそう遠くないマンションに住んでいる二人は、時々事務所にも顔を出せるのだ。

良樹は母の希望も有って大学に入学していた。

麗香と関係が有ってから良樹は変わって、麗香には会えなかったが、自分から勉強をする様に成ったのだ。

それは東京の大学に入学して麗香の側で過ごしたいと思ったから、唯、公立の大学が希望だったから、一年浪人して漸く入学出来たのだった。

良樹は長い間麗香とは会っていなかった。

入試の時も麗香は仕事だったから、大学の近くのホテルに宿泊して、麗香には会えてなかった。

メールの交換と電話は最近、週に一、二度に成っていた。

久々に電話で「ようやく、大学に合格したから、会いたいな」と連絡が出来た良樹。

「おめでとう、私ね、仕事で来週から海外なの、ごめんね」と謝る麗香。

「そうなのだ、活躍しているからね、忙しいよね」と残念そうに言いながら褒める。

「お土産買ってくるから、その時に会いましょう」と麗香は会いたいと意思を示した。

意外と派手な芸能界でも特に清純派で売っていても、実際は裏ではまるで異なる俳優さんは多いのだが、麗香はまったく男性との付き合いをしなかった。

芸能レポーター泣かせの存在だった。

菅井の調査でも昔の宮島に一緒に行った男以外全く無かったのだ。

その男性にも会っている形跡が無かったから書く材料が無かった。

それは弘人と澄子を見て育ったから、二人が愛し合う姿を見てきたのと、事故以来の母の父に対する献身的な世話を、そして最近では、父は母とはもうSEXも出来ない身体なのだと判ってきた。

その姿は自分の鏡でも有ったのかも、沢山の俳優、芸能関係者が声を掛けても、全く相手にしなかった。

良樹の生活は大変だろうと麗香は考えていた。

東京での生活はお金が沢山必要に成る。

母一人の稼ぎでは中々だからアルバイトをするのだろうと思った。

事務所で「専務、大学生のバイト先有りませんか？」と政子に尋ねる麗香。

「女の子？」と不思議な顔をする政子。

「いえ、男です、私の同級生、東京の大学に合格したのです」と嬉しそうな話し方の麗香。

「それは、良かったね」と笑顔で答える。

「多分生活に困ると思うので、助けてあげたいの」

「麗香の昔の彼？」と尋ねる政子。

「違いますよ、昔じゃあ有りません」と微笑む麗香。

「それって？」勘の良い政子は「えー、彼氏！」と言った。

「ずーと、彼氏ですよ」と麗香が答える。

「高校から？」と驚いて尋ねる政子。

「一年からですよ、もう五年に成ります、最近は全く会っていませんが」

「会わずに良く、続くね」と益々驚く政子。

麗香のこの5年の活動知っているので、不思議だったのだ。

「不思議ですね、彼も私に会いたいから東京の学校に入学したのよ、公立しか行けないから一浪してね」と語る麗香。

「根性有るね」と感心する政子。

「はい」麗香は嬉しそうに言った。

「暁プロで使ってあげようか？」と尋ねると「運転出来るの？」と言った。

「出来ます、浪人中に免許取ったって言っていました」

政子は仕事が無くても、この麗香の彼氏をバイトで使う気持だった。

今後外で麗香と会われるより、自分の目が届く所に二人を置く方が得策と考えていた。

二人の舞台が東京の大都会に変わろうといていた。

後援会も順調に拡大を続け、安西も東京に後援会の事務所を作り、東京と柳井を結んで人気を得ようとしていた。

十二話　懐かしい故郷

麗香はテレビのクイズ番組のレポーターで、初めての海外の仕事でヨーロッパに足立と二人で向かった。

他はテレビ局のスタッフ、そして制作会社の人達二週間の旅だった。

柳井の後援会の事務所と暁プロの事務所は、聡未の卒業と同時に閉鎖が決まっていた。

安西敏夫は東京の暁プロに行く機会も多くなっていた。

息子の郁夫が東京の私立の大学に居たのも、回数が増加した原因だった。

郁夫が来年卒業で、来年から安西建築に入社するから、自分は市会議員から高みを目指そうと考えていた。

それは一気に参議院議員の座を、来年から麗香の妹達も全員東京に来るから、美人三姉妹として売り出せると考えていた。

その人気を利用して、大きな党の名簿順位の上位に名前が掲載されれば、間違い無く当選だからだ。

暁プロと望月三姉妹が政党の応援をしてくれれば、自分の名簿が上位に来ると考えていた。

麗香の紹介で良樹が暁プロを訪れたのは、丁度安西が暁プロに今後の活動のお願いに来ていた時だった。

暁プロも少し大きく成って以前の一区画の部屋から、両隣を借りて三区画に成っていた。

社長室と来客用の応接室、政子の部屋、一部が所属タレントの休憩室、以前の部屋は事務員の数が増えて、従業員の休憩室と保管場所が新たに作られて、新しい本、ビデオ等で一杯に成る時もあった。

特に発売前には満杯状態、今まで写真集とかビデオを販売出来るタレントがいなかったから、問い合わせの有った全国の人に直接販売する物だけ、此処に置いてあるのだ。

他は印刷の会社から全国に発送される。


舞は東京で高校の芸能科に入学して、中学時代もモデルの仕事が年に数回、麗香との仕事が数回有ったが、今度は本格的に芸能活動をしょうと準備をしていた。

政子も麗香には足立愛美が専属で、柳井には足立の後任に島田佐知子が受注していた。

後援会の仕事を兼務で聡未のマネージャーとして、来年には聡未と一緒に東京に行く予定だ。

高校生舞は芸能活動が可能な学校なので、足立以外にマネージャーを一人用意する事にした。

政子は東美代子を関係プロから引き抜いた。

東は27歳、仕事は出来るが、欲望の多い女性だった。

だから金銭で直ぐに代わって来たのだった。

来年の三姉妹の作品は、有名な脚本家に今制作して貰っている。

内容は今の望月三姉妹そのもの、舞台も山口、柳井でとお願いしてあった。

政子はこの映画で、三姉妹を不動の地位に上げたかったのだ。

麗香の活躍はそれで良いのだが三人の人気が出て初めて、暁プロは世間で大きな名声と地位を得ると考えていた。

数日後良樹に会ったのは政子だった。

「麗香さんに専務さんに会う様に言われて来ました。尾形良樹です、宜しくお願いします」と丁寧にお辞儀をした。

「中々の好青年だわね、背が高いね」と政子は良樹を見て、いきなり言った。

「１８０センチ有ります」と答える良樹。

良樹は高校二年から背丈が伸びて結構美男子に成っていた。

「俳優出来そうな顔とスタイルだね」と驚いた。

政子には良樹は意外だった。

こんな美男子と考えて無かったから、倉庫の整理と発送、タレントの送り迎えで使おうと考えていたからだ。

「貴方俳優でもいけそうね」と尋ねた。

「僕、役者は不向きだと思います」と答える良樹。

「麗香とはいつから会ってないの？」一番聞きたい事を聞く。

「麗香さんが忙しく成ってからは回数が減りました、学校で見る程度で、東京に行ってからは一度も会っていません」

「一年以上は全く会ってないのね」と驚く。

「テレビでは見られますが」そう言って笑った。

賢そうな笑顔が政子には商売のネタに思えて「じゃあ雑用で明日からでも時間の有る時に来ればいいよ」と話す。

授業の無い日とか休みの日に暁プロで働いて、それ以外の夜は政子が知り合いの居酒屋でのバイトを紹介した。

その様にすれば大抵の情報が政子の耳に入るから、大衆居酒屋（元気）を紹介して、良樹は勤める事に成ったのだ。


同じ時間に秀夫は安西と話しをしていた。

次回の映画の舞台に柳井を中心とした物語にして、次回の参議員選挙には三人が党の顔で応援してくれる様に頼んだのだ。

政権与党の顔に成れば投票率も上がるし安西の上位名簿も決まる。

安西は三姉妹を利用して本格的に表舞台に出ようと目論んでいた。

舞は最近身長が伸びて胸も出て来て、政子の予想通り、モデルとしての才能が開花し始めていた。

姉のイメージが壊れるから清純派三姉妹で今は売るが、やがては活動の幅が広がるのではと期待していた。

芸能界を目指す生徒の中でも一歩リードしていた舞だった。


聡未は柳井の高校三年生。

「来年から聡未も居なくなると寂しいね」母澄子が言う。

「仕方ない、聡未だけ柳井に住めと言うのは酷だろう」弘人が言う。

最近はもう図書館の仕事を辞めて、病院と自宅の往復に成っていた。

事故の後遺症と図書館の階段で、よろけて転んだのが原因で一ヵ月の入院をしたのだ。

その後は自宅と病院の往復で状況は良くなかった。

澄子も最初は麗香達のお金は蓄えにと考えていたが、生活費に使わなければ成らなくなっていた。

電話で「ごめんね、お父さんの具合が悪くて、仕事出来なく成ったから、お前の貰ったお金使うから」と言うと「私のお金では無いよ、偶然天から降ってきたのだよ、だから遠慮しないで使ったら、だってお父さんとお母さんが居なかったら、私も妹もこの世に居なかったのだからね」と麗香が言った。

二人が駆け落ちで柳井に来た事を知っていたし、事故で障害者に成った父の世話を見てきたからだ。

「お母さんも、綺麗な服を着て、美味しい物を食べて贅沢をしてよ」と泣きながら言うのだった。

今もパートに行っている母を心配していた。

澄子が弘人に「私達が、東京に引っ越しましょうか？」と言う。

「俺みたいな障害者が子供の所に行ったら人気に陰りが出るよ、俺が死んで一人に成ったら行けば良い」弘人が言う。

「何故、そんな怖い事言うのよ」と怒る澄子に「悪く成るだけだから、お前に迷惑ばかりかけて苦労させているのが辛い」と弘人は自分の情けない姿に泣くのだった。

確かに今はお風呂もトイレも中々自分の力で行けなく成っていた。

パートで留守の時は一人でテレビを見て過ごす弘人、成るべく一緒に居たいの気持ちが、澄子のパートの時間を最近は減少させていた。

だから実質的には生活は麗香が支えているのだ。

だから、麗香も必要なお金以外は一切使わない。

節約志向で知り合いとの付き合いでも同じだから、派手な芸能界では異質のスターだった。

麗香がヨーロッパの仕事から帰って来たが、4～5日休みたいと言って、柳井に向かったのだった。

急に両親が恋しくなったのだ。

二週間の初の海外で、日本が、そして故郷が恋しくなったのだった。

足立が政子に「麗香疲れたみたいだわ、充電が必要ね」と伝える。

「全力疾走だったからね」と振り返る政子。

「また、元気に成って戻って来ますよ」と足立は笑った。

幸い大きな仕事が半月程無かったからだ。

柳井に帰ると聡未が「お姉ちゃん、お帰り、私ね、最近歌のレッスンをしているのよ」

「確かに聡未は歌が上手だったからね、」

「家には？」

「今、この事務所に挨拶に来たのよ」

麗香が帰った事を知って地元の人達が数人、事務所に来た。

「サイン下さい」

「写真お願いします」と口々に云う。

「お姉ちゃんの人気は凄いわ」

聡未も将来はこの様に成るのだと決意を新たにするのだった。

夜に成って自宅に戻った麗香に「お帰り」と澄子は暖かく、そして懐かしく迎えた。

「お疲れだったね」と両親が口を揃えて云う。

「これ、二人にお土産」

父弘人にはベルトと財布、母にはスカーフとバッグ、聡未にもバッグを差し出した。

「これを使う機会がないね」と澄子が笑う。

「お母さん、このバッグ、高いわよ」と聡未が手に持って言う。

「そうなの？」と澄子も、聡未から受け取って見る。

「お父さんのベルトも財布も高級品よ」

「珍しいね、麗香がそんな高級品を買うなんて」と澄子が言う。

「たまには使わないとね」そう言って麗香は笑った。

心では身体が弱っていく父を心配していた。

少し会わない間に随分衰えていると思った。

十三話　父の死

麗香から見ても父弘人の身体の衰えは大きく感じていた。

以前の様に身体が動かないから、筋肉が弱っているのだと思った。

麗香は久しぶりに弘人と二人の時間を過ごした。

母がパートに出掛けて、聡未も学校に行ったからだ。

「お父さん足が細くなったね」

「ああ、歩かないからな、麗香には迷惑をかけるな」

「迷惑じゃないよ、お父さんには元気で長生きして貰わないと」

「芸能界は大変な所だろう?」

「大丈夫よ、暁プロは良い人ばかりだから」

「初めて一人で東京に行った時は、本当にびっくりしたよ」と昔を振り返って言う。

「あの時、あの大門社長に会ってなかったら、今の私達は無かったわ」

「そうだな、無理せずに頑張れ、聡未と舞も宜しく頼むよ」と真剣に言う。

「お父さん、もう会えない様な事を言うのね」弘人の足を摩りながら麗香が言うのだった。

麗香は後援会の事務所に、明日行われる地元のサイン会の打ち合わせに向かった。

たまに地元に帰ると早速地元での仕事が入っていたのだ。

後援会の存在は大きく、安西が選挙に利用する為に画策していた。

来年には映画の制作も始まり、政権与党のＣＭにも出演して貰う予定だ。

暁プロでは麗香の初ＣＭ話が進んでいた。

何度も話しが有ったのだが、政子が値をつり上げていたが、シャンプーのＣＭにようやく決まったのだ。

それは清楚黒髪のイメージにぴったり合ったのと、契約金の多さ、交換条件で来年制作の映画の前には、三姉妹のＣＭを作る事が書き添えられて合意した。

芸能界には悪い奴も沢山居て、舞のマネージャーに成った東に「あの、舞ちゃんと遊ばせてくれないか？」と持ちかけた。

有名スターの轟誠だった。

再三東に冗談とも、本気とも判らない口振りでアプローチをしてくる。

五十八歳の轟の若い女性好きは昔から有名で今も独身だった。

「幾ら欲しいのだ？」と持ちかける。

「冗談でしょう」と微笑む東。

すると「本気だ」舞に目を付けたのだと言う。

まだ本格的に売れていない若い女の子が好きなのだ。

東は自分がお金を貰って、轟が舞に会える様にするのを頼まれていた。

東も中々の悪で上手に焦らして、お礼を沢山貰おうと考えるのだった。

舞は授業が終わるとレッスンで踊り、歌、を勉強していた。

麗香だけが歌は苦手だった。

最近の舞は日に日に身体が大きく成って、身長は三姉妹で一番高く成っていた。

麗香は１６３センチ舞１６６センチ、聡未が１６４センチと三人が揃って、顔、スタイルが整ってきた。

来年の映画がいよいよ楽しみに成って来た。

麗香が充電を終わって東京に戻ってきた。

麗香は久々に良樹と会えると思うのだ。

暁プロに良樹はバイトで来ていた。

麗香を見て「しばらく」と微笑んだ。

「良樹なの？　随分変わったわね、判らなかったわ、仕事は何時迄？」と久々に会った麗香は良樹の変わり様に驚きながら言う。

「十八時迄」

「もう少しね、終わったら食事に行きましょう、舞も呼んで」と麗香が誘う。

「舞ちゃんも東京なのだね」

「この春からよ」

「一度家に帰って、また来るから」そう言って麗香は政子の所に行った。

「麗香お帰り、充電できたかな？」

「はい、両親に会ってきました」

「来週ＣＭの撮影だよ」

「何？」

「シャンプーのＣＭよ、来年には三姉妹でするのも決まったよ」

「いいですね」

「三人とも黒髪ロングが売り材料だからね」

「判っています」

「良樹と食事に行きますから、一度自宅に戻ります」麗香は会釈をして暁プロを後にした。

しばらくして（麗香の住んでいる所を見たいから行くよ）良樹がメールをしてきた。

（いいよ、もうすぐ妹も帰るから、丁度良いかも）と返信した。


轟は東にお金を渡して舞を我が物にしょうと目論んでいた。

お金をたっぷり貰った東はレッスンが終わるのを待って、舞に「お疲れ様」と言ってお茶を差し出した。

いつもの光景に何も考えないでお茶を一気に飲んで「帰りましょう」と自宅に向かった。

マンションには舞一人が、今日は住んでいると東は思っていた。

今日から麗香が帰るとは知らなかったからだ。

「東さん、眠く成った、少し寝て良いかな?」と舞が言うと「いいわよ」と答える。

轟もスターだから中々遊ぶ場所が困るのだ。

相手のマンションなら顔を見られる事も無いので好都合だった。

東の連絡で轟がマンションに向かった。

睡眠薬で熟睡に成っていた。

しばらくしてマンションに到着すると、轟が手配したのか男が待っていた。

舞を背負って、束が舞のバックからカードキーを取りだして、マンションのエレベーターに乗った。

男の背中で舞は熟睡状態だった。

麗香は暁プロから直接自宅には帰らずに買い物をしていた。

サングラスに髪を束ねた判りにくい格好だが、時々は見つかるのだ。

今日も見つかって余計な時間が掛かってしまって、マンションに向かっていた。

良樹も仕事が終わって麗香のマンションに向かっていた。

部屋に入って舞をベッドに転がして、轟が来るのを待った。

轟が変装をして入って来たのは、直ぐだった。

「ご苦労さん」そう言うと二人は出て行った。

束達が出て行くのと、麗香が帰るのが交差するほど近かったが、どちらも気が付かなかった。

轟は涎を流さんばかりに、舞の服を脱がしていった。

ズボン、上着、ブラジャーを外した時に玄関が開いた。

束が戻ってきたのかと慌ててベッドから玄関に「貴方誰？・」と驚く麗香。

「あっ、麗香」と大きく驚く。

「何しているの？」と大きな声の麗香。

「お前も可愛がってやろう」と轟が向かってきたので後ずさる麗香、その時チャイムが鳴った。

良樹だ！　と思うと一気にドアを開けて「助けてー」と麗香が叫んだ。

「どうしたのだ？」良樹が部屋に入ると同時に、傘立ての傘を持って、男の額に打ち付けた。

「痛い、止めて」一撃で男は顔を押さえて倒れた。

麗香がベッドの部屋に行くとパンティ一枚の舞が眠っていた。

布団を被せて、男の所に戻ると「貴方、轟さん……」と麗香がびっくりした声をあげた。

「あっ、本当だ、轟さんだ」と良樹も言う。

「許してくれ、出来心なのだ」と平謝りをする。

舞の事も有るから、直ぐさま暁プロに電話をして、秀夫と政子が飛んできて、話し合いの結果内緒にする事に成った。

それは舞の将来に傷が付く事が最大の決め手に成った。

清純派のイメージが崩れる事、それは三姉妹に影響が出るから、轟からは念書を貰って一件落着となった。

当然東美代子は解雇になった。

当の舞は翌朝何事も無かった様に「おはよう、お姉ちゃん、いつ帰ったの？」

「昨日よ」

「服も変えないで眠っていたから、大変だったわ」

「レッスンの帰りに、眠く成ったのよ、それから、どうしたかな？　あれ？」

麗香は良樹とのデートがお流れに成って、この部屋で宅配ピザを二人で食べて良樹は帰っていった。

二度も良樹に危ない所を助けられた偶然を麗香は喜んでいた。

そして運命を感じるのだった。

「舞、東さん急に辞める事に成ったよ、足立さんが当分私達のマネージャーよ」

「へー、昨日は何も言ってなかったのに、頑張っていたのに、残念ね」

「舞、気を付けないと駄目だよ、オオカミが襲ってくるからね」

「お姉ちゃんも襲われた、オオカミに？」

「いつも白馬の王子様が助けてくれるのよ」

「えー、お姉ちゃんに白馬の王子様か」

その時メールが（舞ちゃん大丈夫だった？）と良樹が送ってきた。

（今、起きました、大丈夫です）メールをのぞき込んで「私の事心配している？　誰？」と言う舞。

「私の王子様よ」

「誰よ？」

「内緒」

「気に成るな」そう言って笑う舞を見て麗香は安堵したのだ。

もし昨夜の事を覚えていたら、今後の芸能生活に影響が出るだろう。

そうなれば、三姉妹は終わってしまうから、元気に学校に行く舞を見送る麗香は安心したのだった。


その日の午後、大変な電話が麗香に届いた。

父弘人が亡くなったのだ。

車椅子に一人で乗ろうとして転んだのだ。

前から具合が悪かったのだが、事故だった。

聡末の電話に顔面の血が消えて蒼白に成る。

「お。と。う。さ。ん」と涙で顔がくしゃくしゃに成っていた。

十四話　東の復讐

麗香は舞が学校から戻るのを待って、最終の羽田発岩国空港行きに乗った。

二人に足立も同行した。

明日には暁プロの秀夫も政子も行く予定に成って、総ての仕事がキャンセルに成った。

飛行機の二人は唯、涙だった。

先日里帰りに行った麗香はまだ良かった。

舞は最近の父には会ってないから、悲しみは大きいのだ。

岩国空港には島田が車で迎えに来ていた。

「ご苦労様」

「大変な事に成りましたね」

自宅に着くまで何も話さない二人、小さな家の周りには人が一杯でカメラの音がもの凄い。

「麗香ちゃんだ」

「麗香ちゃんが帰ってきた」と声援か何か判らない状態の、人ゴミをかき分けて自宅に入ると
「お父さん」と絶句した。

「お父さん」と二人が眠った様な、父の亡骸に抱きついた。

延々と泣く二人に澄子が「寿命だったのかもね」とぽつりと言った。

最近は俺が死んだら、東京に行って子供達と暮らせと、同じ事を何度も澄子に話していた。

「お父さんは、自分の身体の限界を感じていたのよ」聡未が言う。

「お姉ちゃんは、毎日父さんと会っていたじゃない、私最近会ってなかった――」そう言ってまた大泣きするのだ。

翌日通夜、母澄子は気丈に挨拶をした。

報道陣も来て撮影をしている。

祭壇には元気な頃の弘人の写真が飾られて、その写真を見る度に無念さを感じる麗香だった。

葬儀の後で政子が「お母さんも東京に来られたら良いですよ」と誘う。

「聡未が卒業してから考えます」と答える澄子。

その後、葬儀の間気丈に振る舞っていた澄子は、一気に疲れが出たのだった。

それは精神的な支えを失った悲しみが大きかった。

高校生の時に知り合って恋愛をして、両親に反対されて逃げるように故郷を後にしていた。

通夜の時弘人の兄義人が来て、弟はお前に殺された様なものだと罵った。

しかし麗香を見て、今まで知らなかったのか、驚いた顔が印象的だった。

あの有名なタレントが自分の姪だった事に驚いて、最後は低姿勢で帰って行ったのだ。

麗香が望んだ！　私が女優に成って両親に楽をさせてあげると言ったが、父は楽をする前に亡くなってしまった。

これからだったのに、ひき逃げで家族の人生が狂ったと思っていた。

跳ねられて直ぐに病院に運ばれていたら、もっと軽かったと手術した医者の言葉が今も蘇るのだ。

澄子は二日程寝込んだが、ようやく元気に成って「麗香も舞も、もう大丈夫だから、仕事に戻りなさい、みなさんにこれ以上迷惑はかけられないでしょう」と言う。

「お母さん、大丈夫？」と舞が言う身体は大きいがまだ高校一年生、父親の死と母が寝込んだのは精神的に痛手だった。

聡未だけが学校に三日前から復帰していた。

意外と悲しみに強かった。

舞は麗香に連れられてようやく東京に帰っていった。

舞が轟の事件を知らないのが救いだと麗香は思った。

連続で起こっていたら、舞は耐えられなかっただろうと思った。

舞のマネージャーだった東は解雇に成った事を逆恨みしていた。

多分轟の事も自分の事も舞には喋ってないだろうと考えていた。

暁プロの目論見と夢を壊してやろうと考えていた。

シャンプーのＣＭの撮影がようやく行われて、麗香が仕事に復帰したのだった。

良樹が麗香を慰めたのも大きかった。

「良樹と一緒にいたら、気が休まるわ」ホテルのレストランの片隅で食事をして麗香はそう言った。

「元気に成ってくれて嬉しいよ」と良樹が微笑む。

「妹の舞にも良樹みたいな友達が出来たら良いのだけれどね」

「東京で一人だから寂しいのよ」

「学校の友人で鹿島貢って奴は、舞ちゃんのファンだけれどね」と話す良樹。

「どんな人？」

「良い奴だよ、親父は大きな会社の専務か常務で将来は社長候補だと、話していた」

「一度、舞と会わして様子を見たらどうだろう？　最近落ち込んでいて駄目なのよ」と麗香が相談をする。

「偶然を装うの？」

「そうでないと、例えば学校の帰りに会うとか、今ね、あの事件の後足立さんか、貴方が迎えに行っているでしょう」

「うん」

「その時に同乗させたら？　何か理由を考えて」

「一度考えて見るか、貢は喜ぶだろうけれど、舞ちゃんが問題だよね」

「舞が気に入るか？」と麗香が尋ねる。

二人は舞の元気が戻る事と、東京での心の支えが必要だと考えていた。

東は麗香のＣＭがシャンプーのメーカーとの情報をキャッチして、来年の三姉妹の企画にこのＣＭも便乗するとの話しも聞いたのだ。

東はこの企画もＣＭも壊してやれば、三姉妹にも暁プロも痛手だと考えるのだった。

そうなのだ、三姉妹の清楚、黒髪ロングを壊してやれば、暁プロの思惑は壊れる。

東は知り合いの美容院に予約をしてイメージチェンジだと言って、明るいショートの金髪にしてしまおうと考えたのだった。

三人共、母澄子の趣味で幼いときから髪を伸ばしていて、長い間整える程度しか切ら無い。

中でも舞が今では一番長く、もうすぐ背中の下で、腰に近い程長かった。

東京に戻った舞は毎日暗かった。

父弘人の死を一番感じていたのだ。

元気な父と遊んだ記憶も少なかったから、ショックが大きかった。


その日学校の前に良樹と貢が迎えに来ていた。

どの様に切掛けを作るか悩んでいた。

東は良樹を知らないし、良樹も東を知らないから、隣に車を停めて、待っていたのだが判らないのだ。

「麗香、今学校の前で待っているのだけれど、上手く話せるか心配だよ」と良樹が電話をする。

「頑張って、良樹に総てかかっているからね」と励まされるのだった。

しばらくして舞が元気なく出て来た。

良樹が窓を開けて呼ぼうとした時、隣の車の女性に声をかけられて、笑顔になった舞が居て、
さっさと車に乗ってしまった。

「知り合いかな?」と貢が言う。

「誰だろう?」

良樹と貢が今日は自分達の迎えの日だと聞いていたのに、変更に成ったのか？

「取り敢えず、付いて行こう、機会が有れば、紹介するよ」良樹はそう言って東の車を尾行していった。

「麗香、今日は俺たち以外に誰か違う人の迎えの日なの？」と電話で尋ねる。

「知らないわよ、何か有ったの？」

「知らない女性の車に嬉しそうに乗って、今、何処かに向かっているから」

「車と女の人の特徴は？」

「三十歳位の勝ち気な感じで、車は白のセダン」

「えー、それ、東よ」と驚きの声の麗香。

「東って？」

「先日のマンション事件の東よ」

「えー、舞ちゃん危ないじゃないか」

「何処に向かっているの？」

「判らない」

「舞ちゃんの携帯にかける？」

「危ない、交通事故で道連れも有る」

「尾行して、また連絡するよ」

「はい」

良樹と貢は尾行を続けた。

舞は「えー、イメージチェンジですか？」と驚きの声。

「お父さんが亡くなって、落ち込んでいるから専務が決断したみたい」

「そうなのですか？　少し短くするの？」

「いいえ、大胆なショートよ、しかも、染めるのよ」

「凄い、イメージチェンジなのですね」

「私も、母の病気でしばらく休んでいたから、それを任されたの」

「遠いの？」

「もう到着します」

車は美容室の駐車場に滑り込んだ。

「あれ？　美容院だ」と尾行の貢が言う。

「見ていて、麗香に電話するよ」

「僕が客を装って入るよ」貢が中に入っていった。

「麗香、東と舞ちゃん、美容院に入ったよ」

「美容院？」

「何でしょう？」

「判った、ＣＭの邪魔だ」と麗香が言う。

「何？」

「ＣＭの撮影でシャンプー会社しているの、だから出来ない様にしようとしていると思うわ、止めて、急いで」電話を切ると、貢に「今、何している？」と携帯で尋ねる。

「髪を梳かしていますが」

「短く切るつもりだ、止めて」と叫んで電話を切った。

十五話　鹿島家

ハサミを持った美容師が「いいのですか？」と聞いている。

「かまいません」と舞が言う。

「イメージチェンジですから」東が言うと、貢がいきなり「止めろ」と大声で言った。

「貴方何者なの？」と驚く東が、振り返る。

「舞ちゃんのファンだ」そう言いながら美容師の腕を掴んだ。

驚いて「警察呼ぶわよ」東が言うと、そこに良樹が入って来て「呼べるなら呼んでみろ」と叫ぶ。

新たな乱入者に驚きの舞、東、美容室の面々「もうすぐ麗香さんが来るから」と良樹が言ったので、舞は安心したのか急に貢の側に移動した。

「貴方、誰よ」と東が良樹に怖い顔で言う。

「尾形良樹、麗香さんの同級生だ」と叫ぶ。

舞は尾形が来たので、自分が騙されていると悟った。

「東さん、卑怯な事は辞めれば！　暁プロを解雇に成った復讐をしようと舞ちゃんを連れて来ただろう」

そう言われて東は逃げようと出口に走ったが、貢が先回りして東を捕まえた。

美容師が「東さん、これは犯罪だよ、舞ちゃんの髪は商品だ、私も不思議だなと思っていたのだ」と言う。

舞は首に巻いたカットクロスを外して「東さんみんな嘘なのね、私が父の死で落ち込んでいるのを利用するなんて、許せないわ」と怖い顔。

「もう少しだったのに」と残念な顔に成る。

「有難うございます」と貢にお礼を述べる舞の顔に明るさが戻った。

三人は車に乗って美容室を後にした。

美容室の店長は警察に電話をした。

それは暁プロからの電話が有ったから、政子も今回は許さなかった。

麗香を一緒に乗せて四人がレストランに揃って行った。

その後は二組に分かれた。

貢は舞の信頼を得た。

「上手く事が運んだね」と微笑む麗香。

「意外な運び方だったけれど、貢は良い奴だから、舞ちゃんには良いと思うよ」良樹も意外な流れを喜んだ。

「私達も今夜は久々の夜を過ごしましょうか?」麗香が微笑みながら、久々に良樹を誘う。

「いいの？」と良樹は麗香の誘いに驚く。

「もう忘れたわ」と麗香は宮島の事を言って、その後久しぶりのＳＥＸを麗香と良樹は楽しんだ。

お互いの愛を改めて確認した二人だった。

公園で舞は貢に褒め称えられて有頂天に成っていた。

「そう？　麗香姉ちゃんより私の方が可愛いの？」と嬉しそうに言う。

「そう思うよ、まだ若いからもっと伸びるからね」

「身長はもう私の方が高いよ」

「顔も舞ちゃんが可愛いよ」

「そうなの？　鹿島さんって口が上手ね」

「本当の事だよ、うちの家のみんなも舞ちゃんのファンだよ」

「家って何しているの？」と気になってたずねる。

「ＤＡ物産の専務が父だよ、もうすぐ社長なのだよ」

「えー！　あの大手のＤＡ物産の次期社長さんなの？　凄いわね」大きな瞳を一層大きくして、驚く。

「僕も大学を卒業したら、入社すると思う」

「じゃあ、将来の社長ね」と微笑む。

「大株主だからね」

「凄い人に気に入られたのね」

「そうだよ」

「私もお姉ちゃんも同じだと思うのだけれど、一人の人を愛したいのよ、麗香姉ちゃんは先程の尾形さん一筋よ、この派手な芸能界で珍しいでしょう？　多分尾形さん以外いないと思うわ」

「舞ちゃんの彼氏は？」

「勿論いないわ、まだ愛せる人居なかったから」

「僕は候補に入れて貰えるかな？」

「尾形さんみたいに、よそ見しない人ならＯＫよ」と好意を持った言い方に成っていた。

「しないよ、舞ちゃんが僕を見てくれたらね」

「どうしょうかな？」と舞は焦らすのだった。

貢がいきなり舞を抱き寄せてキスをしてきて、大都会の公園で、舞もキスが初めてだった。

遊びのキスは有ったが本格的なキスは今夜が始めてだ。

会って初めての夜にキスをするなんてと思ったが、舞は貢の事が好きに成り始めていた。

今夜はお姉ちゃん帰らないと電話が有った。

私も初体験に成りそうだと、舞は期待半分、不安半分だった。

するとと貢が「今から、家に来ませんか？」と意外な事を言う貢。

「えー！　鹿島さんの家に、ですか？」そう言うと大通りに出て直ぐにタクシーを止めて乗り込んだ。

手を掴まれて強引だった。

「強引ですね」タクシーの中で言う。

「弟に舞さんを見せてみたい」

「何故？」

「弟と舞さんを自宅に連れて来ると賭をしていたのですよ、弟も舞さんの大ファンなのですよ」

「何年生？」

「中学三年です、三姉妹のファンで特に舞さん」

「私なんて、マスコミには少ししか出ていないのに」

「写真集とかビデオも持っていますよ」

「それは、有り難いファンですね」

「今夜は保の顔がどの様に成るか楽しみです」

しばらく走って住宅街にタクシーは止まった。

目の前の家を「凄い、家」と思わず見上げた。

「さあ、どうぞと門を開けた」

インターホンで「保、いますか？」お手伝いが呼んでいるのが聞こえる。

「兄貴何？」

「迎えに出て来てよ」

「何か重たい物でも買ってきたの？」

「少し重いかな？」貢がお尻を抓る。

「痛い」と言った舞を貢が笑った。

「手伝いに行くよ」

扉を開けて保が出て来て、舞を見て立ち止まって口を開いている。

「兄貴、兄貴、舞さんだよね」驚いて、尋ねる保。

「その通り」

「どうしたの？」と不思議そうに尋ねる。

「それより、挨拶をしなければ駄目だろう」

そう言われて我に返って「こんばんは、鹿島保です、よろしく」と会釈をした。

「望月舞です、よろしく、ね」と笑った。

「駄目！　可愛い、夢じゃないよね」もう興奮の保。

「さあ、中に入って下さい」と貢が案内した。

そしてお手伝いの前田静に「コーヒーをお願いします」と貢が言った。

大きな応接室に通されて「明るい所で間近で見ると、本当に可愛いな」と興奮が増大する保。

「お前の方が年下だろうが、綺麗と言いなさい」と怒る貢。

先程から笑顔の舞に「そうだ、写真お願いします」

そう言ってカメラを取りに、出て行く保に変わって母の智恵子が入って来た。

上品な感じで、微笑みながら「いらっしゃい、騒がしいから見に来ました、舞さんね、我が家では貴女の話が出ない日は無いのよ」と上品な言い方だ。

「望月舞です、よろしくお願いします。」と立ち上がって深々とお辞儀をした。

「この子らの父親も貴女のファンで今夜は大変ね」と微笑む。

「そうなのですか？」と驚く舞。

「貴女の事はよく知っているわよ、最近お父様を亡くされたでしょう」

そう言った智恵子の言葉に暗く成る舞だったが「はい、大好きでしたから、寂しいです」と元気に言う。

「少し立ち直ったのね」

「はい、貢さんのお陰で、少し立ち直りました」と微笑む。

そこに保がカメラを持って来て「兄貴何をしたの？　キスをしたとか？　それは許さないよ」

と貢に向かって怖い顔をする。

そして、カメラを舞に向けて撮影をした。

「少し待って、ポーズをしないと駄目よ」

舞がポーズを決めると「わおー、流石プロだ」と言いながら写すのだった。

しばらくして、鹿島隆博が帰って来て「騒がしいな、お客さん？」そう言って応接室を開けて
入って来た。

「おお、これは、珍客だね」と笑顔に成った。

「お父さんお帰り、見て、見て、本物だよ」保が嬉しそうに言う。

「お邪魔しています、望月舞です」と会釈をした。

「貢の父です、我が家は全員、舞さんのファンですよ」と微笑みながら言った。

「貴方まで、調子に乗って」と智恵子が笑って言った。

「ね！　言ったでしょう」と貢が言う。

「ありがとうございます」とまた会釈をする舞だった。

コーヒーを飲んで雑談をして「もう、そろそろ、帰らないと」そう言って時計を見る。

もう十時を過ぎていた。

「お姉さんも今夜は留守だろう、ゆっくりすれば」

「はい、もう随分ゆっくりしています、明日の用意も有りますから」

「そうだった、高校生だからね」

「皆さん、楽しかったです、有難うございました」と深々とお辞儀をした。

「いつでも、遊びにおいで」隆博が優しく言った。

「タクシー呼んだから」保がそう言って、舞に握手を求めた。

「有難う」舞がその手を握ると保は頬を赤くするのだった。

家族全員に見送られて舞は、タクシーで鹿島の家を後にした良い家族ね、大きな家に住んで、お父さんもまだ四十代ね、そう考えていると急に父弘人を思い出した。

今のお父さんと殆ど変わらない年齢なのに、もう父は亡くなったと、思わず涙が頬をつたった。

マンションに帰った舞は、お風呂で髪を洗いながら、もう少しでこの黒髪も無かったのか、今日は色々な事が有りすぎたね。

疲れたと湯船に浸かって、夕方からの事を思い出していた。

十六話　法要に同行

翌日の夜、麗香の帰りを待ちかねていた舞が「お姉ちゃん、昨日は楽しかった?」と尋ねた。

「ええ」と答えると舞がにこにこしながら「昨日ね、しちゃった」と嬉しそうに言う。

「えー」麗香は顔色を変えて、びっくりした。

貢とSEXした事を、まさか告白されるとは思っていなかったから「早いはね、昨日会ったのが最初でしょう?」と尋ねる。

「彼の自宅にも行ったよ」

「そんな、早いの?」

麗香はSEXして、両親に紹介?　驚異的な早さだ。

この妹は化け物か?

「弟さんも居てね、みんなで沢山話したよ」

「それで?」

「いつでも、遊びに来なさいって」

「誰が言ったの」

「お父さんよ、大きい家でね」

「そうなの？　何しているの？　お父さん」

「ＤＡ物産の専務よ、もうすぐ社長だって」

「大きい会社ね、そこの社長の息子？」

「次期だけれどね」

今度はまた、びっくりの麗香だった。

「大丈夫だった？」

「何が？」

「間違ってないわよね」

「何を？」

「したって事」

「あんなの、目を閉じてれば、良いじゃない、初めてだったけれど、良かったわ」と陶酔の顔に成るのだ。

「嘘？」

「お姉ちゃん、良くなかったの？」

「そりゃあ、好きな人だから、悪くは無かったけれど、最近は少し良いかも」

「姉ちゃん奥手だね」と笑った。

舞が早すぎなのだよ、誤解の中の二人の会話だった。

舞は鹿島貢を好きに成ったのだ。

これで良かったのだろうと麗香は思った。

毎日舞から貢のメールの話し、弟保のメールの話しと、鹿島の家の話しが無い日が無い程だった。

半月後、舞が「貢さんね、あれから、無いのよね」と淋しそうに言う。

「何が？」

「鈍いわね、」

「えー、私でも数回なのに」

「姉ちゃん長い間付き合っているのに少ないね」

「子供出来ない様に気を付けてね」と言った麗香。

「姉ちゃん変な事考えていたの？」と驚く舞。

「違うの？」

「キスよ」

麗香は自分の早とちりに顔を赤らめたのだった。

先日のヨーロッパロケの放送が漸くテレビに、麗香の顔がゴールデンタイムに全国に流れた。

益々、清楚綺麗のイメージが定着するのだった。

しばらくして、二本目の映画の脚本を打ち合わせに、脚本家が暁プロを訪れて、政子、秀夫、麗香の三人に脚本家が来社した。

「今ストーリーの最終を考えているのですが、どうしても、こんなシーンを入れてと云うの、有りますか?」と尋ねる。

政子が「三姉妹の成長の映画にしたいので、お任せします」

麗香が「私は父を死に追いやった、ひき逃げ犯が許せません」と訴えた。

「判りました、それを入れましょう、犯罪ですからね、良いかも知れませんね」

「三姉妹のイメージ壊れませんか?」と心配顔で尋ねる政子。

「いや、かえって上がるのでは?」と脚本家が言う。

その言葉に政子も納得するのだった。

撮影の予定は舞の休みの夏休みを中心に、故郷の山口で予定していた。

脚本が出来上がるのは来年五月の予定、麗香は父のひき逃げ犯に訴えられる作品を期待していた。

来年の夏には柳井を中心に、山口でのロケを楽しみにしていた。

もうすぐ卒業の聡未が母と一緒に東京に来るだろうか？

父の四十九日の法要に麗香達が柳井に帰る日が近づいていた。

「あのね、お姉ちゃん」と舞が法要に帰る数日前に言った。

深刻な顔をして「どうしたの？　舞」と聞くと「今度の法要にね、一緒に行きたいって言うのよ」と相談をする。

「誰が？」

「彼よ」

「えー、鹿島さん？」と驚きの顔に成った。

「そうなの、お母さんに挨拶したいのだって」

「挨拶？　そこまで進んでいるの？」と麗香。

「進んでいるって？」

「関係よ」

「ああ、ＳＥＸしたかって事？」と簡単に言う舞。

「キスはしたよ、でもね彼紳士だからね、それからは食事したり、彼の家に行ったりだね、もう三回も行ったよ」

「凄い、行動的だね」

「彼ね、私に対して本気なのだって、だから本当は両親に会いたいのだけれど、お父さん亡くなったからね、お墓に行くのだって」

「感心な男性だね、それなら良いよ」と本気で舞の事を思っていると感じる。

「ありがとう、彼に言うよ」

舞はにこにこして電話をかけるのだった。

麗香は鹿島貢とその家族に舞が気に入られているのだと感じた。

良い彼氏を紹介してくれた良樹に感謝しなければと思うのだった。


二日後羽田空港に舞、麗香、貢が集まって、一緒に岩国空港まで行く事に成った。

貢は麗香に「無理をお願いしてすみません」と会釈をした。

「いつも舞がお世話に成っています」と麗香も笑顔で挨拶する。

その後は舞が貢にべったりとくっついて行動するので、流石の麗香も焼き餅を焼く位だ。

一応母澄子には二人の事の説明をしていた麗香だった。

飛行機に乗ってから、舞がトイレに行ったので「鹿島さんは舞の事どの様にするつもりなの？」と尋ねる。

「僕も家族もお母さんの許可さえ頂ければ、将来は結婚する気持ですが？」と答えた。

「えー、結婚」と声のトーンが変わった麗香が「まだ高校一年生よ」と言う。

「はい、知っています」

「僕が大学を卒業したらの話しです」

「そんなに早く、母に会う必要が有るの？」

「父も母も舞さんの事がとても気に入っていますから、今から決めて付き合えと言うのです」

「変なの」と微笑む。

「責任を持ってお付き合いをしなさい、と云う事です」

「貴方は舞と結婚したいの？」と確認をする麗香。

「勿論です」と強い言い方で言う。

そこに舞が帰って来て「何が？　勿論なの？」と話に入ってくる。

「鹿島さん貴女と結婚を前提に付き合うのですって」と答える。

「そうよ」と簡単に言う。

「まだ、高校生に成って直ぐよ」

「貢の気持だからね」と嬉しそうに言う。

この二人の考えに驚く麗香だったが、母がどの様に言うか気に成った。

空港には島田が出迎えに来ていた。

「この方は？」と鹿島を見て聞くと舞が「私の将来の旦那様よ」と言ったので、島田の顔が怪訝な顔に変わったのだ。

自宅に到着すると舞が母澄子に「彼、鹿島貢さんです」と紹介した。

「突然、押しかけましてすみません、どうしても舞さんのご両親に挨拶がしたくて参りました」と言った。

「お線香良いでしょうか？」と弘人の遺影を指さした。

頷く澄子、母の言葉が心配になる麗香だった。

弘人の前から戻ると「私、鹿島貢は舞さんと将来の結婚を前提として、お付き合いをさせて頂きたくお願いに参りました」とお辞儀をした。

澄子が「有難うございます、舞を可愛がって下さい、お願いします」と会釈をしたのだ。

麗香は母の態度にびっくりした。

まだ高校生それも一年生に、信じられなかった。

舞が「母さん有難う」そう言って澄子に抱きついた。

「お母さん有難うございます、舞さんを幸せにします」と深々とお辞儀をした。

しばらくして町を案内するわ、そう言って舞と貢が出て行った。

「お母さん、私びっくりしたわ、まさか許すなんて」と驚きの麗香。

「私がお父さんと付き合いだしたのも高校二年の時だったよ、それに二人はまだ関係も無いだろう、それなのに、彼女のお父さんの法要には来られないよ、それも遠い柳井だよ、子供が出来ても逃げる男が多いのに、まだキスを一度位しただけで、挨拶に来るなんて出来ないよ、良い男性に巡り会ったね、舞は」と微笑みながら真剣に言う澄子。

「良樹さんが、良い奴だからと言って紹介してくれたのよ」

「そうなのかい、良樹君の紹介なら尚更安心だよ」

母は舞の将来に安心したようだ。

麗香は母の気持ちがよく判ったのだ。

法要が終わって、お墓のない望月家に坊主が故郷のお墓にされますか？

此処のお寺にされますか？　と質問された。

澄子は此処柳井の地に墓を作ろうと考えていたが、子供達の意見も聞きたかったので今日まで決めてなかった。

「お母さんは此処にお父さんと一緒に眠りたい」と言う澄子。

「私達が結婚して柳井を出てしまったら、墓守もいないのね」と麗香。

「盆と彼岸も来られなくなると、おとうさん、寂しいだろうね」聡未が哀しそうに言う。

来年には東京に行く予定の聡末だった。

十七話　ご招待

「聡末が東京に行っても母さんは此処に残るよ、お父さんが寂しいだろうからね」

「えー、お母さん一人で寂しくないの？」

「お父さんが一緒だから」

生きていた時は、死んだら東京に行けと再三言っていたが、いざ亡くなると簡単にはこの地を離れられない澄子だった。

最近はまたパートの時間を増やして働いていたのだ。

それは弘人の死の悲しみを忘れる為だった。

麗香達三人が東京に帰ると「舞、いい人見つけたね」と聡末が羨ましそうに言う。

「聡末は学校にはいい人いないの？」

「いないわ」

「じゃあ、東京に行けば見つかるよ」

「あの様ないい人いないと思うわ」

「大会社の次期社長の息子さんなのよ」と羨ましく成っている。

「へー、お金と地位まで付いているの？　それはもっと凄い」と驚く。

「ＤＡ物産だって」

「それ大会社だよ、凄い」と聡未は尚更驚く。

「舞の事、愛してくれると感じたわ」

「私もそう思った」

「私が東京に行って寂しくなったら、直ぐに東京に来てね」聡未は母に言う。

「判ったよ」

聡未も愛せる人が欲しいなとの思いが募るのだった。

しばらくして政子が「こんな事って有るの？」社長室にやって来て話す。

「どうしたのだ？」秀夫が聞くと「麗香の妹達の契約六年でしょう？　こんなに儲けさせて貰ったら悪い気がして」と言いだした。

「どうして？　今でも充分の儲けだが、何か？」と怪訝な顔。

「これ見て」と書類を差し出した。

チョコレート、化粧品、スポーツ用品、旅行、薬品会社からＣＭの申し込みだった。

「これ総て？」と驚く。

「そうよ、それも麗香ではなくて、舞ちゃんよ、三人のも有るけれど」

「舞ちゃんそんなに、マスコミに出てないのに、知っている人は多いけれど、それは麗香の妹だからだろう？」と秀夫が言う。

「何が起こったの？」政子は首を傾げる。

「金額見て！」

「契約金、一流並よ」

申し込みの金額を見て秀夫が「誰かと間違えているよ！　こんなにＣＭに出演したら、日本一だよ」と秀夫が笑った。


着物姿の撮影の話しに「来年用に、良いね」と秀夫が言う。

「映画の宣伝用にも成るしね、聡未ちゃんが休みに成ったら呼んで撮るわ」政子がそう言って社長室を出て、しばらくして「社長！」と大声で入って来た。

「今度は、何？」

「違うの、自転車にカメラもよ」

「此処には無いけど」

「違うわよ、ＣＭの申し込み」

「また舞ちゃん?」

「自転車は三人、カメラは舞ちゃんだけ」

「広告会社に確認したのか?」

「まだよ、これから」

政子は朝から訳が判らなくて、しばらくして「あのね、間違い無いって、私変に成りそうよ、携帯電話と冷蔵庫も来たわよ」と言ってソファにへたり込んだ。

そして「これだけで軽く三億を超えるわよ」と言う。

「間違いじゃない?　何が起こったのだ」秀夫も政子も信じられない。

「また宝くじに当たった心境だな」と驚く。

それは貢の父隆博が関係先にＣＭに使ってやって、気が向いたらと電話したからだ。

総合商社の次期社長の気が向いたらは、使いなさいに等しいから傘下の会社、関係先まで右向け右だったのだ。

その後も申し込みが有ったが流石の政子も「これは選別しなければ、ＴＶジャックに成ってしまう」と笑うしかなかった。

舞は貢とのデートを楽しむのが日課に成って、週に一～二度は自宅にも訪問して、保、他家族と団らんをするのだった。

訪問の度に家族と打ち解けて、親子の様に成っていた。

女の子供が居ない隆博夫婦には、本当の子供の様に思えたのだ。

貢は舞とはキスはするが、それ以上の行為は全くしなかった。

舞には多少不満も有ったが、大事にしてくれるから充分だった。

「一度冬休みにお姉さん達も一緒に、我が家で食事でもしない？」母の智恵子が提案した。

「聡未お姉ちゃんも撮影の為に来ます、呼んでも良いのですか？」

「何を撮影するの？」

「日本髪で着物姿よ、映画用」

「三人揃うと、綺麗だろうな、着物か」

保が「撮影現場って見たいな」と言いだした。

「無理だよ」と貢が言うと「一度頼んでみましょうか？」と舞が言う。

「わーい、お願い」と保が大喜びをするのだった。

安西は与党の幹事長に取り入って、選挙用のＣＭに麗香を使っては？　と話しを持ちかけていた。

清楚で若い、人気が有る。

しかしその見返りが名簿の順位を上位に、だったから考えて置く、で進展が無かった。

お金も沢山使っていたから、何とかしなければの焦りも安西には有った。

冬休みに成って聡未が東京にやって来た。

年末迄に撮影をして、お正月には三人で柳井に帰る予定にしていた。

家族四人で過ごすのは正月、母澄子が父と死に別れて初めてだから寂しいだろうと三人は考えていた。

祝い事はこの正月はしないのだが、三人は正月の仕事は入れてなかった。

年明けから舞のＣＭの撮影が、六社連続で入っていたのだった。

三人のＣＭは二月以降聡未が上京してから、三社そして二月にもう二社、舞で合計11社と云う、考えられない数だった。

「聡未、舞の彼氏がね、私達を自宅に招待して食事をご馳走してくれるらしいわよ」と麗香が言う。

「そうなの？」

「大きい家らしいよ」

「家族を見るのも良いかもね」

「土曜日で良い？」

「良いわよ」麗香は舞に連絡した。

「尾形さんも呼んでいるみたいよ」

「そうなの？」麗香は急に微笑んだのだった。

唯、聡未が心配だった。

一人だけ彼氏が居ないのは可愛そうな状況だから、舞が貢に既にその話をしていた。

貢は自分の友達をもう一人招待していたのだ。

それは麗香と同じ考えだったから、良樹も同じ事を貢に話していた。

二人だけなら僕も参加はしないと、浪人していたから年齢は一歳良樹が年上だったから、貢はよく相談していた。

二人で相談をすると、貢と高校から一緒の景山克美に白羽の矢が立った。

聞けば好みのタイプだと云うし、性格は二人が学校で知っていた。

特に貢は三年以上の付き合いで知り尽くしていた。

問題は聡未が気に入るか？

家業はそば屋の息子で、今回の食事会にも自分の店のそばを持参して、調理する予定にしていた。

土曜日の夕方三姉妹は舞に連れられて、手土産の洋菓子を持って鹿島家を訪れた。

三人揃って歩くと流石にすれ違う人達が総て振り返る。

「麗香さんだ」と振り返る人。

『三姉妹？』

「綺麗」

昔の子供ではなく大人の三姉妹に成っていた。

タクシーで鹿島の自宅に到着した。

明後日は三人で着物の撮影が待っていた。

「大きい家！」聡未が言ったら麗香も「凄いね」門を入ってチャイムを鳴らすと保が走って出て来た。

「いらっしゃい」そう言ってお辞儀をした。

「麗香姉さんと聡未姉さん」と紹介すると「家に花が咲いたみたいだ、僕、鹿島保です、よろしく」と言った。

「保君は私達の大ファンよ」と舞が言う。

「中に入って兄貴の友達も二人来て居るよ」と案内をする保。

「二人？」貢が気を使ったと舞は思った。

保が「今、そば作っているよ」

「自分で？」

「そうだよ、上手だよ」

「そばの職人さんを呼んでいるの？　凄いね」聡末が珍しそうに言う。

「私、うどんよりそばが好きよ」舞が言うと聡末も「私もそば派」そう言いながら笑って家の中に入っていった。

尾形が麗香を見て手を振った。

貢は景山の手伝いをしている。

「三人とも美男子ね」舞が言うと尾形が「同級生の景山克美君だよ、そば作っているのは」と教える。

「上手ね」少し離れた場所で作業をしている。

お手伝いの静が三人を客間に案内した。

広いテーブル席に隆博と智恵子がもう座って待っていた。

「こんにちは、望月麗香と聡末です、初めまして」と紹介する。

「本日はご招待頂きまして有難うございます」と三人が揃ってお辞儀をした。

「三人揃うと壮観ね」母智恵子が会釈をしながら言った。

「ほんとうだ、花が咲いた様だ、生でCM見ている様だ」と微笑む。

「お父様ですか？　あの沢山の依頼は？」舞が叫んだ。

「そんなに沢山依頼が行ったのか」と笑顔で話した。

「はい、暁プロの専務が舞は日本一だと言っていましたから」

「いつから流れるのだろう？」

「早いので二月の末なのでは？」

「智恵子我々は生で先に見られるのだな」

「もう見ていますよ」と二人が笑って席に座る様に言うのだった。

十八話　聡末の彼氏

「我々は私設の後援会だな」

「舞さんと貢の交際を快く認めて下さったお礼よ」と智恵子が微笑みながら言う。

「舞さんが我が家に来てくれる様に成ってから家が明るくてね」隆博が上機嫌で言って、もう二人はワインを飲んでいる。

「麗香さんはもう飲める歳かな？」

「飲んでいませんが良樹さんと同い年ですから」

「じゃあ、飲んでみるか？　このワインは美味しいよ」

「私が飲みたいです」聡未が言う。

「まだ、駄目なのでは？」

「一杯位大丈夫です」

聡未は自分だけ彼氏が居ないのが面白くないから、飲もうとしたのだった。

「そうか、少しだけ、飲んでみるか？」

笑いながらグラスに白ワインを注いで二人に手渡した。

「頂きます」と手渡されたグラスのワインを、聡未が一気に飲んでしまった。

「わー、凄い」舞がびっくりして叫ぶ。

その時「おまちどおさま」そう言って打ち立てのそばを、ざるそばにして四人の男性が運んで来た。

静がつゆ、ねぎ、わさびをワゴンに乗せて運んで来た。

「直ぐに天ぷらもお持ちします」

四人が台所に消えて、沢山の天ぷらを持ってテーブルに置いた。

聡未はもう二杯目を自分でグラスに入れて飲み干していた。

「終わったら、テーブルに集まって」と智恵子が言う。

エプロンを外してそれぞれの席に座った。

「紹介します、本日の料理を造ってくれた僕の親友の景山克美君です、高校から同じ学校です」と言った。

克美は立ち上がって「そば処花八木の景山克美です、今日は望月聡未さんを紹介して頂けると云われて、喜んで参上しました、私の料理をお召し上がり下さい」そう言われた聡未は、ワインの酔いも手伝って真っ赤な顔で「初めまして、望月聡未です、よろしく」と会釈をした。

「こら、舞、事前に教えてよ」と小声で言った。

出前のお寿司が到着してテーブルは一杯に成った。

「お姉ちゃん、景山さんも美男子だね」舞がいう。

「そうかな?」そう言いながらも絶えず景山を見る聡未だった。

食事が終わって、応接に行く者、後片付けを静と保がそして景山が手伝った。

すると聡未が一緒に片付けに加わった。

手伝おうとした人達を良樹が止めた。

そしてみんなは応接室に消えた。

保が応接に来て「二人で仲良く片付けしているよ」と微笑む。

赤かった頬も普通に戻って「聡未さん、ありがとう、手伝ってくれて」と克美が聡未に礼を言った。

最初からの作戦で、貢と良樹の思惑が的中したのだ。

「保君、月曜日からの撮影ね、見に来ても良いよ」舞が言うと「やった、兄貴行こうね」と腕を引っ張るのだった。


「これだけ、手伝って貰えればもう良いですよ」静が言って、二人は食堂に腰掛けて「ありがとう、お茶でも飲む？」と克美が聡未に尋ねた。

「はい、頂きます」お互いが相手を意識していた。

台所から日本茶を湯飲みに入れて持って来た。

「聡未さんは田舎に住んでいらっしゃるのですか？」

「はい、来年には東京に出て来ます」

「本格的に女優ですね」

「私は歌も好きですから、歌手もしたいと思っています」

「今は大学で経営学を学んでいますが、やがてはそば屋の親父ですよ」

聡未は知らないのだが、そば処花八木は関東を中心に80店舗を展開する飲食チェーンなのだ。

舞は凄い人と付き合っているのだと改めて思うのだった。


一時間程で三人は鹿島の家を後にした。

タクシーの中で「舞は凄い人と付き合っていると感心したわ」聡未が言ったら「景山さんも大きいそば屋だよ」と舞が教える。

「所詮はそば屋だわ」と元気がない。

「でも直ぐに百店舗に成ると貢さんが言っていたわよ」と舞が言う。

「百も店有るの?」聡未の声が高くなった。

「二人共お金持ちと巡り会えて良かったね」麗香が安堵の表情を見せたのだった。

「私はまだお付き合いの話しに成ってないよ」と聡未が言うとメールが届いて(東京にいらっしゃる間にもう一度お会いしたい、克美)と書いて有った。

「ほら、着たじゃない、付き合っているじゃない?」と舞に言われて、メールを見て顔が緩む聡未だった。

聡未も百の店舗に考えが変わったのは間違い無かった。

姉妹のライバル意識も有った。

一人田舎に取り残されたと思っていたから、聡未もやがて克美と付き合いを初めて元の考えに戻って行くのだか、この時は舞に対する嫉妬が多少は有ったのだ。


月曜日に三人揃って、日本髪の結える美容室に向かった。

一番長い舞はほぼ自分の髪で他の二人は少し付け毛で、長い時間を要して舞妓さんの様な姿の三人が出来上がった。

ワゴン車でスタジオに移動、もうセットが出来て、見学に保、貢、智恵子、良樹、克美が来ていた。

「わー、綺麗」保が声をあげる。

「素敵」とか言いながらカメラで撮影をする各自。

しばらくして撮影が始まると「カメラは止めて下さい」と言われて、見守るだけに成った。

そこに隆博まで来て「おお、間に合った」と言って入って来て「可愛いね」を連発して、カメラマンに、今後色々な事に使いたいから、合成出来る動画と写真を要求した。

始めは誰だ？　と言う顔で見ていたカメラマンも名刺を見せられて、態度が急変して色々な要求の絵を撮影した。

政子も、秀夫もあのＣＭラッシュの犯人がこの隆博だと、この時ようやく判ったのだった。

まさか舞の彼氏がＤＡ物産の次期社長だとは、二人が唖然としたのは言うまでも無かった。

今後舞を変な仕事をさせられないと自覚するのだった。

二月の下旬からＣＭに登場すると三人、特に舞の存在は全国規模で浸透する事は間違いがなかった。

その話しは、後援会長の安西の耳にも直ぐに伝わった。

安西は年が変われば直ぐに上京して幹事長に、三姉妹を売り込んで自分の名簿の上位を確約させられると、自信を深めたのだった。

正月柳井に帰った三人は、母と祝いの無い寂しい時間を過ごしていた。

でもそれは母と過ごす事で、母の寂しさを和らげさせようとした娘達の気持だった。

一月二日に意外な事にあの三人が柳井に来たのだ。

「何日間か会えないのが寂しいと克美が言うから」と始めから決めていた台詞を言う。

「お母さん、景山克美君です、聡末さんと先日から二、三度会っただけで、もう駄目みたいで、僕達が連れて来ました」と言ったので聡末はメロメロで、自分の為に東京から来てくれたと感激したのだった。

全員で宮島に行こうと母の澄子を伴って、七人が電車で行く事に成った。

車は混んで走れないから、駅から三人は目立って、金魚の糞状態で人数も増加していった。

でも麗香もこの日は変装も何もしなかったから、周りの人達が直ぐに見つけて「麗香さんよ、綺麗ね」と次々と集まる。

「三姉妹なのね」

でも男三人がガードマンに見えて近くには来ない。

一歩離れて付いて歩く奇妙な光景だった。

後二ヵ月経てば、舞も自分以上の人気に成るので、三人のＣＭも流れるから、歩けないだろうと思う麗香だった。

桟橋も初詣の客と麗香達を見る人で一杯に成っていた。

澄子は我が子の人気の凄さにびっくりしたり、感心したりで桟橋からフェリーに乗り込んだ。

海上の大鳥居を見ながらすみこは、弘人と初めて来た頃を思い出していた。

新婚一年目で麗香がお腹に居た時に、此処から二人であの大鳥居を見たなあ、何年か後には家族で宮島に行こうな！　と話したが、でも実現はしなかった。

子育てと三人の子供に恵まれて、舞がもう少し大きく成った正月に初詣に家族で行こうと話していたが、交通事故にその後はとても宮島まで行ける状態では無かった。

「弘人さん、娘三人に良い男性が見つかりましたよ、見ていますか？　家族では来られなかったけれど、今みんなで来ていますよ、安心して下さいよ、三人共これ以上無い程、貴方の娘を愛してくれていますよ」と心で話していた。

目頭が熱く成って涙が頬を伝った。

「お母さんどうしたの？」麗香が心配して尋ねた。

「お父さんに報告していたのだよ、家族で来られなかったけれど今、三人の娘に素敵な人が出来たとね」

「そうだったの、昔話していたわね、家族で揃って初詣に行こうと」麗香も感慨深げに思い出すのだった。

十九話　ひき逃げ事件

同じ様な考えの人が集まるのだろう、この三人は考え方が似ていると麗香は思っていた。

愛し方も似ている様な気がする。

宮島に到着して参道を歩くが、人の波、麗香を見る為に、三姉妹を見る為に、初詣の客とファンが一体となって人の山が移動する様だ。

警備の人も警官もその異様な動きに戸惑うのだった。

「あの旅館で、休憩して食事しましょうか？」良樹にはあの、で判った。

「聞いてくるよ」そう言って人混みをかき分けて、旅館に向かった。

丁度旅館にはあの時の仲居、中山美奈子がいた。

美奈子は良樹が判らなかったが「ご無沙汰しています」と会釈をすると「どちらさまでしたでしょうか？」と尋ねた。

「昔、麗香と泊まった尾形です」と微笑む。

急に笑顔になって「良く、私を覚えていましたね」と尋ねた。

「あの時は感謝で一杯だったから忘れません」と良樹が言った。

「でも、随分美男子に成られて、判りませんでした」と微笑みながら言った。

「今日はお願いで来ました、部屋をひとつ夕方まで、朝までもかまいませんが、有りませんか？」

「夕方までなら、使える部屋は有りますが、客部屋は満室です、お正月ですからね」

大小の宴会場は、がら空きで、正月は家族客が総てだったからだ。

「麗香も姉妹も来ているのです、お願いします」

「そうなの？　三姉妹で初詣？　サイン貰おう、今日は内緒じゃあないのね」そう言って笑った。

「違います」そう言って良樹は出て行った。

「麗香達三姉妹が、この旅館に今から来る話しは、瞬く間に館内に広がった」

ＣＭが流れる春なら、もっと凄い事に成っているだろう。

今は麗香だけでこの人気、毎日の様に流れるシャンプーのＣＭ、テレビ、雑誌と多分見ない日が少ないのでは？　と思われるからだ。

「宴会場借りられました」と人混みをかき分けて良樹が戻ってきた。

「あのガードの人達、美男子ね」

「俳優じゃないの？」

「知らないわよ」

「彼氏？」

「清純派で彼氏いないとか？」

「でも、あの二人手を繋いでいるわよ」

「ほんと、ガードの人とは手は繋がないわよね」

周りの人達の会話が聞こえる麗香が振り返ると、克美と聡未が手を繋いで歩いている。

あの二人やるね、と苦笑いをしたのだった。

七人が旅館の玄関に到着すると、宿泊客が集まっていて、カメラを構えて写すのだった。

「お久しぶりです」と美奈子が言うと「あの時はありがとう」と笑って言うのだった。

中宴会場に七人は入ると「歩き疲れたわ」と母澄子が言う。

「ごめんね、お母さん」と麗香が言うと「貴女の人気がよく判ったわ」と笑った。

「休憩されたらお参りに行きます?」と美奈子が言う。

「はい」返事をすると「裏口から、こっそりと行けますよ」美奈子が教えてくれた。

「じゃあ、バラバラで行きますか?」

舞が言って、それぞれペアで行く事に成った。

厳島神社の穏やかな新春の回廊を歩いて、今年の子供達の健康と活躍を澄子はお祈りするのだった。

新学期が始まって聡未は高校最後の冬を迎えていた。

来月で授業も終わり、三月の卒業式に柳井に帰ってくる。

その後は東京での生活が待って居る。

克美ともいつでも会える距離に成る喜びで一杯、二月にはＣＭの撮影で東京にと、柳井と東京の忙しい時間が来るのだ。


映画の脚本家の北山直己は再三柳井を訪れていた。

望月三姉妹映画の脚本制作の為に、麗香が訴えたひき逃げ事件の取材を何度もしていた。

警察にも何度も訪問していた。

警察もひき逃げ事件の減少に役立つならと協力を惜しまないのだった。

事件の調査とか場所、望月弘人の跳ねられた場所を考えると、どの様に考えても殺人かそれ以外なら飲酒、それもかなりの酔っ払い状態で運転しなければ、この事故は起こらないと言う結論に達していた。

もう一つ判った事はこの状態では、遠くから運転して来るのは無理だと云う事、もしそれなら、飲みながら運転をしなければ出来ないと北山は結論づけた。

今日は警察にその当時ひき逃げで調査をされていて、飲酒は考えなかったのか？　それを聞きに来たのだった。

「何度も東京からご熱心ですね」と警官が言う。

「この事件の担当の方は今、何方かいらっしゃいませんか?」

「もう随分前ですからね」

「約11年も前の事件ですからね、もう時効ですけれどね、次回の映画の重要な部分なのです。それにひき逃げの犯罪の怖さを世間に訴えたい。調書を見るとひき逃げでなくて、直ぐに病院に運んでいたら望月さんは身体障害者に成っていなかった可能性が大きいと有りました。」

熱心な北山の態度に担当の定年前の警官は「そうだ、この調書の作成を手伝っていた警官が柳井に住んでいますよ」と教えてくれた。

「そうなのですか?」と北山の目が輝いた。

「もう、七十歳近いと思いますが」

「教えて下さい、訪ねて見ます」

その元警官は設楽信子と云って、三キロ程北に住んで居た。

タクシーで設楽の自宅を訪れると、信子は孫を相手にひなたぼっこをしながら本を読んで聞かせていた。

北川を見て信子は怪訝な表情に成った。

「初めまして、東京から来ました、脚本家、小説家の北山直己と申します」と挨拶をした。

北山は映画の話しは云わないで、交通事故の小説を書くので取材に柳井まできたのですと言った。

「事故は沢山有るでしょう、何処でも」何故この田舎に？　と疑問の顔をした。

「ご存じだと思いますが、柳井のスターを」

「知っていますよ、麗香ちゃんでしょう」急に笑顔に成って「実は、彼女の父親がひき逃げで、身体障害者に成られて、昨年亡くなられたのですよ」

「本当ですか？」と驚く。

「はい、その事件をテーマに小説をと思いまして取材をしているのです」と伝える。

「私は交通課に勤務していましたが、麗香ちゃんとは面識が無いのですが」

「ご存じ無いのですね、麗香さんのお父さんは望月弘人さんです、会社の残業で遅く成って自転車で帰宅中に車に跳ねられて身体障害者に成られました」

「望月さん、あの望月さんが麗香ちゃんのお父さんですか？」驚きの顔。

「そうです」

「事故に遭われて」

「地元の印刷会社で締め切りの印刷で遅く成って帰られる途中の事故でした」

「私は助手みたいな者で、主に捜査をしていたのは、山さんでした、山本泰三刑事です」

「その方は？」

「もう亡くなられましたね、三年前に病気でね、定年後直ぐでしたね」

「そうですか」残念そうに北山が言う。

「今でも覚えていますわ、犯人だと思うのだがな、決め手が無いのだと悔しがっていましたね」

「そうなのですか？」

「でもね、何故か犯人の名前は云いませんでしたね」

「それは？　何故？」

「私が思うには社会的に地位が有る人の場合、確かな証拠が無ければ中々口に出せないのが警察ですよ」

「目星が有ったが逮捕出来なかった訳ですね」

「そうだったと思いますね、私は定年前の閑職で調書の作成を手伝っただけですから」

「私なりにあの事件を再調査してみたのですが、事故現場から見たら、犯人は近くで酒を飲んでかなり泥酔状態だったのでは？　飲み屋関係は捜査されましたか？」

「実は調書には書いてないのですが、現場から少しの場所に宴会場を持った料理屋さんが有ったのですよ、今は有りませんが、そこでその日、建設関係の宴会が行われていましてね」と信子が話した。

「はい」

「そこの出席者の中で怪しい人が居るとは聞きました」

「何故、料理屋さんは、無くなったのですか？　経営不振？」

「嫌、繁盛していましたよ、警察でも時々使いましたから」

「不思議ですね」

「その後暫くして食中毒を出したのですよ、それが原因で店をたたみましたね」

「経営者の方は地元の方ですか？」

「そうでした、だからみんなに責められて、可愛そうでしたよ、最後は自殺されましたね」

「食中毒の規模は大きかったのですか？」

「あの中央公園の中の建物の落成式でしたから、市長を始め沢山の、お偉いさんが、腹痛、下痢ですからね」

「それは、大事件ですね」

「料理屋さんは、食中毒なんか考えられないと最後まで言われていましたね」

「他に気が付いた事有りますか？」

「山本さんが残念がっていました、料理屋さんが騒ぎに成って、事情を聞けないと、漸く犯人に近づいたのにと言われていました」

北山は小説家の推理でもしかして、同じなのでは？　と思ったのだった。

二十話　名簿順位

「落成式とおっしゃいましたが、料理屋さんがお弁当を提供された？」北山が疑問を持って尋ねた。

「あの建物は地元の建設会社安西建築が建てたのですよ」

「その、料理屋さんで働かれた方とか、知ってらっしゃる方この辺りの方はいらっしゃいませんか？」

「誰かいたかな？」と昔を思い出そうとしていた。

「何か判りそうな気がします」

「出入りの酒屋さんなら、駅の北に鈴木酒店が有りますよ、そこの人なら何方か知っていらっしゃるかも知れません」

「有難うございました、また何か思い出したら電話下さい」そう言って設楽の家を後にした。

外でタクシーを呼んで鈴木酒店を目指すと、この辺りでは大きい酒屋だ。

当時働いていた人は、パートで一人知っていると教えてくれた。

それは望月の家の直ぐ近くに住む麻生富子だった。

北山は急いで訪ねたが留守だった。

時間に制限が有ったので、北山は富子の帰りを待たずに帰京したのだった。

夜、北山は麻生の電話番号を聞く為に望月澄子に電話した。

しばらくして調べて電話が有ったが何故？　と聞かれて柳井の昔を聞きたくてと、答えたが、澄子は何故？　と疑問に思ったのだった。

翌日「あの脚本家さんに、何を聞かれたの？」と聞くと「それがね、もう十年以上前の落成式で食中毒が有った話だったわ」と答えた。

「それで、どの様な話？」と気に成る澄子。

「何か変わった事なかったかと聞かれて、今でも覚えているわ、私が吸い物のポットを用意したのだけれど、しばらくして十本有るはずが九本だ、足りないと、先方から慌てて来たのよ、一本造って渡したのよ、店の店主に私もの凄く怒られたのよ」

「そんな事聞いたの？」

「何か無いかと言われたから」そう言って富子は当時の怒りを蘇らせた。

「その後、食中毒でしょう、ほら、私をきつく叱るから罰が当たったと、心で笑ったわ」

「へー」と驚く澄子。

「でもね、最後は可愛そうに店主は自殺してしまったのよ」

「私は一度もそこには食べに行ってないわ」

「一般の客は少なかったかも、建設、役所関係が多かったからね、中毒出したら田舎だから終わりね」

澄子は北山が何故そんな事を、態々電話で聞いたのか？　不思議だった。

テレビに舞のＣＭが流れ始めた。

毎日我が子が何処かに出る光景がもう近づいていた。

卒業式に聡未が帰って来たら、柳井から東京に行った三人が同じマンションに住んでいるのは、有り難いと思うのだった。

今年の夏には柳井で映画の撮影が始まると、毎日三人が我が家に居る。

そう思うと夏休みが子供の様に待ち遠しい、澄子も寂しいのだ。

まだ、四十代前半だから、三月に成ってまた舞のＣＭが増えて、三人揃ったＣＭも流れる。

有名になった独身の澄子を狙う男も居たのだ。

パート先に来る営業マン堤彰もその一人だった。

誰かに言われたのだろう、三人娘の稼ぎは億だよ、毎晩通帳を抱いて寝ているよ、旦那は去年亡くなったからね、独り身だよ、妬みとか、茶化しが多く成って、堤はその中でも積極的な男だった。

四十代半ばで妻とは離婚していて子供は妻が連れて別れていた。

「望月さん、凄いですね、子供さんの活躍」

「有難うございます」

澄子はいつも言われていてもう慣れていたが「働かなくても充分でしょう」と言う堤。

「子供は子供ですから」

そうは云っても澄子は麗香の給料以外は統べて貰っていた。

普通預金がいつの間にか定期預金の束に成っていた。

税金も今年は相当払わなければ成らないだろう、先日会計士が麗香と話しして、もうすぐ金額が決まるのだ。

舞のＣＭのお金が先日振り込まれて、腰を抜かしそうに成ったのだ。

暁プロが儲けた残りだから、驚きだった。

堤はそんな大金持ちの奥様と知って「食事でもご一緒にと」同僚の住谷和子も誘った。

一人だと来ないからと考えた作戦だった。

何度も顔を合わせていたし話しもしていたが、誘われたのは始めてだった。

「澄子さん、ご馳走してもらいましょうよ」と言うから、二人ならと思って近くのお寿司屋に三人で出掛けた。

ビールで「乾杯」「乾杯」と飲み出した。

「堤さん車でしょう？」

「今は取り締まりが厳しいから、代行運転でホテルまで帰りますよ」

「高いでしょう」

「新岩国ですから、三十キロ程ですね」

本当は近くの宿に泊まるというより女の所が正しい、此処で知り合った女性の家に転がり込むのが最近堤の柳井での行動だった。

同じ職場の南朋子が澄子の事を教えていたのだ。

身体障害者の旦那さんだったからＳＥＸもしてないと思う、最近は三人の娘の活躍で大金を持っている。

物にしたら、子供だから、もし再婚でも出来たら貴方の物よ、上手くいったら私にも分け前を頂戴よと言われていた。

澄子も着飾ったら綺麗なのだが、普段は化粧もしないから、叔母さん顔に見えるのだ。

弘人が亡くなってからは、本当に化粧をしなくなって、それだけ弘人を愛していたのだ。気の抜けた様な時間をようやく脱していた。

正月、宮島に子供達の彼氏と行って、これからの生きる糧を得たのだった。

お酒は三人共に強くて、酔っ払った堤が「昔ね、知り合いがね、飲酒運転で人を跳ねたのですよ」と言い出した。

「えー、それは、いつの事」急に澄子は真顔に成って言う。

「どうしたの？　澄子さん」と和子が驚いた様に聞いた。

「それはですね、まだ取り締まりが厳しくなかった時ですよ」

「だから、何処で」

「地元の大阪ですよ」

「大阪の話か」と澄子が落胆な表情に成る。

「あっ、そうか、亡くなったご主人の事ね」と和子が言う。

「飲酒運転がどうかしましたか？」

「澄子の亡くなったご主人、ひき逃げだったの」と和子が説明した。

「そうよ、逃げないで、病院に運んでくれていたら、あの様に重傷に成らなかったのよ」泣き出した。

「泣き上戸ですか?」

「違うわよ、思い出したのよ」和子が言った。

「暗い夜道の脇に、二時間も放置されたのよ、だから障害者に成ってしまったのよ」と澄子が無念を語る。

「今も犯人は判らない?」

「判ったら殺しているわよ」と話す澄子の顔が怖いのだ。

その夜はその話しでしらけてしまって「ご馳走さまでした」で別れた。

堤が南の家に転がり込んで「もう少しだったのに、事故の話しから、しらけてね」そう言うと「堤さん、それよ、澄子さんをものにする方法は」と言った。

「何だ?」

「事故を利用すれば、近づけるって事よ」

「そうか、話しに乗ってくるって事だな」

「そうよ」

「億万長者は夢でないか」

二人は皮算用でその夜は燃えたのだった。

安西が東京の与党の幹事長に会いに行ったのは翌日だった。

正月明けには、またしても相手にされなかったが、今度は幹事長から会いたいと連絡をしてきたのだ。

それはCMだった！

毎日の様にCMに登場する三姉妹に流石の総理も気が付いて、幹事長に話しを決める様にと指示をしたのだ。

安西を迎える態度が以前とは格段に異なった。

「安西さん、検討の結果後援会長の貴方の提案を我が党も飲む事にしました」

安西もくせ者だ「今は沢山CMに出ているから、時間が取れるかな？」と言い放った。

「そこを、後援会長のお力で何とか成りませんか？」

「努力はしますが」と恩を着せる。

「いや、安西さんもし、決めて頂ければ、破格の十番目に入れたいと思いますが如何でしょう」

「えー、十番ですか？」安西の顔が微笑みに変わって、当選確実だったからだ。

「そうなのですか、プロダクションと本人達を説得してみましょう、」と笑顔に変わっていた。

「来年の年明けからCMに出て欲しい、夏の参議院選挙に向けて頼むよ」

「判りました、来春には彼女達の映画も封切りに成りますから相乗効果も期待できます」

「そりゃ、最高ですな、よろしく頼むよ、安西君」

「はい」

「来年には君も国会議員だな」と言って笑ったのだった。

二十一話　旅立つ聡未

翌日、暁プロを安西は訪問していた。

来年の正月から与党のＣＭに出演する事を、そして各地の選挙応援に行ってくれる様に頼んだ。

しかし政子も秀夫も難色を示した。

三姉妹の映画のキャンペーンと重なるから、そして夏の選挙応援は女優には日に焼けるから不向きだった。

少し考えると云う事で話しは終わった。

「必死だな」と秀夫が笑う。

「そりゃそうよ、三姉妹を与党のＣＭに使えて応援させれば、当選間違い無いでしょう、ＣＭ

と映画と選挙だからね」

三月に成って、聡未が卒業式の準備に帰って来た。

聡未の予定は予ての予定通り、来月には歌手としてデビューの予定だ。

夏休みには映画の撮影、最終的には冬休みに撮影が終わる予定に成っていた。

聡未は卒業式の前後一週間柳井に戻って、高校の友達との別れを、惜しんでいた。

その中の一人が「聡未のお母さん再婚を考えているの？」と言ったのにびっくりしたのだった。

「最近夜、食事とかしているらしいよ、男の人と」と教えてくれた。

「お母さん、亡くなったお父さんを今でも愛しているから、そんな事は……」そうは思ったが不安が増大したのだった。

早速聡未は麗香に電話をした。

「聡未、姉ちゃんの勘だけれど、お母ちゃんの財産狙っている人増えると思うよ、だって大金持ちって柳井の人は知っているから」

「じゃあ、どうするの？」

「相談してみるから、一度調べて見て、気を付けるにように、多分警戒しているから、貴女が危ないわよ」

　麗香は早速良樹に相談したのだ。

「今なら、逆に安西建築に相談するのが一番かも知れない、人もいるし後援会長だから」と良樹がアドバイスをする。

「それは良いわね、地元では力が有るし」

　早速会長の安西に連絡をする麗香。

「会長さん、私達三人が東京で活躍すると母が心配です」

「お母さんも東京に行けば良いじゃないか？　パートをする人じゃないだろう」

「そう言ったのですが、父の墓の側で暮らしたいと」

「そうか、まだ若いから、お金持ちの未亡人を狙う輩が？　だな」

「そうなのです」

「そりゃあ、もっともな話しだ、後援会長としては放っては置けない、早速郁夫に連絡をして、安西建築を結集してお母さんは守から安心しなさい」

「有難うございます」

「ところでお願いしている、選挙の事なのだが」と言いだした。

「会長にはお世話に成っていますので、出来るだけの協力はさせて頂きます」と方便を言う。

「そうか、そうか、麗香ちゃんにそう言って貰えると心強いよ」そう言って高笑いをするのだった。

直ぐさま、郁夫に電話で、変な男が澄子さんに付きまとう気配がないか調べる様に指示をしていた。

今、三姉妹の信頼を得て、来年には待望の国会議員がもう目の前だったのだ。

此処で、失敗はできないのだ。

郁夫は早速澄子のパート先を調べて、現在の現状、澄子と親しい住谷和子に接触した。

最近は夫の交通事故の話を、親身に聞いている営業マンの存在を知ったのだった。

その事を父に報告すると、世に中には事故を起こす、似た様な奴がいるのだと考えたのだ。

安西自身弘人の交通事故がいつの事か知らなかったし、知ろうともしていなかった。

亡くなったのが最近だったから、その様に思った。

背後の関係者がいるかも知れないから、徹底的に調べる様に再び指示をした。

そして堤の愛人南の存在を突き止めて、二人を叩きのめしたのだった。

澄子は突然、親身に成って事故の事を探してくれていた堤が、怪我をして会社も辞めたと聞いてショックを受けたのだった。

麗香にはお金目当ての男がお母さんに近づいていました。

パート仲間の女性の女が後ろにいましたよ、危ないところでしたねと、恩を売ったのだった。

住谷が「南さん仕事辞めたね」と澄子に話す。

「どうしたのかな？」と澄子は不審に思う。

「最近堤さんも来なくなったね」

「仕事変わった、見たいよ」

「事故の事話して、親身にしてくれていたのにね」

「真犯人に口封じされた！」と冗談を言って笑う。

「サスペンスドラマみたいよね」と住谷が悪乗りで言う。

「ほんとうね」と二人は堤が来なくなった事を不思議に思った。

三月の聡未の卒業式に澄子は一緒に行った。

もう学校中で知らない人はいない、ＣＭが流れていたから、澄子にはこの卒業式は感無量だった。

柳井に流れてきて弘人と二人で何も無い所から生活が始まった。

実家の援助も全く無く二人の生活が始まった。

弘人が印刷会社に就職出来たから、この地に住み着いて、勿論家は借家、印刷会社の社長の口添えで借りる事が出来たのだ。

直ぐに麗香が産まれて、続けて聡未、舞と三人の女の子が生まれてしばらくして、今のパートに行きだしたのだ。

三人の子供にこれからお金が必要になるから、働き出してしばらくしての事故、一時は一家五人で死ぬのか？　と思った事も有った。

幸い印刷会社の社長さんと身体障害者の支援団体の助けで、図書館の職員と成ったから、生活が出来たのだった。

舞が今通っている私立の高校なぞは、夢のまた夢だった。

幸い麗香も聡未も公立の高校に入学して、内心澄子は喜んでいたのだ。

麗香が家計の足しにタレントを目指したのも、夫婦の会話を時々聞いていたから、子供心に何か？　自分に出来る事は無いのだろうかと考えたからに、他ならないと今では思っていた。

もしも、あの時変な人達に騙されて東京に消えていたら、自分は此処には居なかっただろうと思うと思わず涙が出てくるのだった。

走馬燈の様に柳井に来てからの時間が蘇ってきた。

「お母さん、どうしたの？　涙ぐんで？」聡未が肩を抱いた。

「柳井に来てからを考えていたの、この二十年間、波乱だったなとね」

「そうだよね、まさか、今みたいに成るとは考えられないよね」

「麗香の東京行きには、お父さんと驚いて言葉が無かったよ」

「でも、結果的にはそれが、今の私達を作ったのだから、人生って不思議だね」と聡未も昔を思い出していた。

「おまけに、二人には考えられない様な男性と巡り会えたからね」

「そうよ、貢さんも凄いけれど、私の彼も良い人よ」

「それは、判るわ、でも、みんな、麗香のお陰よ」

「はい、お姉ちゃんと尾形さんには感謝しています、お母さんもパート辞めて何か商売でもすれば？」

「何をするのだい、能力無いわよ」

「まだ、若いから何でも出来るよ、再婚も」

「再婚はしないよ、お父さんが心から消えないからね」

「まだ、愛しているのだね」

「当たり前よ、私が死ぬまで愛しているわよ」

「寂しくなったら、東京に来てよね」

「判ったよ、夏に成ったらみんな帰って来るから、賑やかに成るよ」

卒業式が終わって帰りながら、しみじみと二人は話すのだった。

「卒業、おめでとう」と書いた花束を配達の人が持って、家の前で待っていた。

「おかあさん、あれ?」と指をさす、花束を受け取って「克美さんからよ!」と大喜びの聡未だった。

澄子は気が利く人だなと景山克美に感心していた。

翌日聡未は麗香のマンションに自分の荷物を送った。

夕方「お母さん、元気でね」と聡未は空港で涙の別れに成った。

「聡未も無理をしないで、悔いの無いように頑張るのよ」そう言って空港で別れたのだ。

澄子は新しく建てた弘人の墓の前で「みんな、行ってしまいましたよ、弘人さん、これで良かったのよね、寂しいけれど、一人で貴方の墓を守るわ、だってこの土地に住んだ方が、人生で長く成って来たのだもの、離れられないよね、私も貴方の側で一緒に眠るからね、また貴方の孫を娘達が連れて此処に来てくれるから、楽しみに待っていてね」

お彼岸がもうすぐだった。

二十二話　親の気持ち

澄子は私達家族に何かが舞い降りたのだろうか？

そんな様に考える事が最近は度々有るのだ。

麗香がスターに成っただけではなく、妹達もそしてそれぞれの考えられない様な素敵な彼氏達だ。

何処にあの様な男性がいるのだと云う程条件が良い、舞の彼氏は家族も最高らしいと思った。


そんな数日後「貢の母の智恵子です、初めまして」と電話がかかった。

「いつも舞がお世話に成っています」と驚いて言う。

「実はね、突然なのですが、主人と久しぶりに旅行に行く事に成りまして」

「はい」

「それでね、子供達が宮島に行けばと言うので、行く事に成りましたの」

「宮島ですか？」

「初めてなのですよ、私達、お母様の自宅が近いですから、お寄りしょうと思ったのですが、宮島まで来て頂いて一緒にお食事でもと思いまして」

「宮島に、ですか?」

「ご足労願えると助かります」

「夜でしょうか?」

「出来ましたら夜、ゆっくりとお話がしたいのですが?」と頼む様に言った。

どんな話しなのだろう? と心配になるのだけれど世話に成っているから、断りも出来ないので「お言葉に甘えて、お邪魔させて頂きます」と答えていた。

来週の土日に会う事に成ったのだった。


舞に電話で確認したが判らないの返事、丁度桜が満開? かも知れない良い季節、沢山の観光客だろうと澄子は思いながらカレンダーに印を付けた。

四月に成って、麗香はクイズ番組のレギュラーに、聡未は念願のレコーディング、テレビは毎日登場するが、高校二年の舞と新しいスタートに成っていた。

安西の監視の為、澄子に近づく男は排除されて「この頃、澄子さんお声掛からなく成ったね」と和子が笑うほど、静かに成った。

四月から舞には新しいマネージャーが専属で用意された。

ベテランの大山達子五十歳、この道二十五年のベテランで、この前の失敗を教訓に政子が頼み込んだのだった。

彼女の専属のタレントが高齢の為、殆ど活動が無くなったからだった。

達子は舞が鹿島の家族と親子の様な付き合いと聞いたから即答したのだ。

鹿島と云えば、咳払いをするだけで、タレントが消える程の力を持っているのは、長年この業界にいれば直ぐに判る事だった。

その鹿島の御曹司が隆博だったから、大山は舞に対する態度には格別に成ったのだ。

将来もし嫁にでも成ったら芸能界を知っているから、とんでもない力と影響力を持つだろう事は判ったのであった。

調べていたら、身体障害者の父とパート勤めの両親、家出の様に柳井に来て、長女の麗香がすい星の様にスターに、それも三流プロダクションから、妹達もおこぼれで登場して、運の強さを感じていた。

何故？　鹿島財閥なのだ？　現代版シンデレラストーリーとしか思えないのだ。

次女の聡未の彼氏も大規模そばチェーン花八木の長男？　嘘だろう？？？？？　大山には信じられない調査資料だった。

宝くじも桁が違うよ、そう思わずには納得出来なかった。

自分もこの幸運のおこぼれにと承諾したのだった。

隆博の父は芸能人とも噂に成るほど、芸能人が好きだったのだ。

隆博はまったく興味を示さなかったが、唯一麗香達には特別の興味を示したから、社内の重役連中は麗香を、二号にするのではと噂が出た程だった。

しかし隆博は妻智恵子一筋の真面目な性格だったのだ。

自分の親の悪癖を見てきたからだろう、芸能界にも口を出さなかった。

だから先日の一言は関連会社に戦慄が走ったのだ。

その隆博が妻と一緒に宮島に来て、澄子に会うのだ。

鹿島の家族がどれほど本気か判る行動だった。

保が一緒に来ていたのは計算外だった。

大山が興味を持ったのは後援会長の安西の行動だった。

政党の名簿の上位に入れば、その候補の主義主張は消えて数あわせの論理に変わる。

この様な制度で本当に良い政治が出来るのだろうか？　安西自身も疑問を持っていた。

本来の人を選ぶから大きくかけ離れた選挙制度が、この様な人物の当選を産むのだ。

そしてそれは全く政治には関係の無い所で、安西も唯、名誉が欲しいだけだった。

大山には安西は警戒人物だったのだ。

約束の日に澄子は隆博夫妻の待つ宮島に行った。

高級旅館の特別室を二部屋用意していて、食事処が決まりなのに、部屋に運ばせていた。

「舞さんのお母さんって綺麗ですね」高校一年の保が言った。

今夜は久々に化粧をして上等の服を着てきたからだ。

「態々起こし頂いてすみません」と隆博が微笑んで言う。

「部屋も用意していますので、今宵はゆっくり子供達の将来を話そうと思いまして」智恵子が言う。

「お母様も中々の美人さんですな」と隆博が笑う。

保が「舞姉ちゃんが毎日テレビに出るから楽しくて、ほら？　今も出ているよ」とテレビの画面を指さす。

食事が運ばれて来て飲みながら「舞さんの事なのですが？」と話を切り出した。

「舞が何か？」と不安な澄子。

「私達家族は舞さんを実の子供の様に思っていますのよ」と智恵子が微笑みながら言った。

「有難うございます」

「貢が学校を卒業したら、結婚をさせたいと思っているのです」との言葉が飛び出した。

「えー」澄子の声が変わった。

「勿論、これから芸能界でスターに成れると思うのですが、今夜はそこを曲げて貢の嫁にお願いしたくて参りましたの、幸い二人は愛し合っていますから」

「芸能界を引退？」と驚く。

「はい、鹿島家の嫁が人前に出るのは、困りますからね」

「三年後ですか？」

「いいえ、もっと遅く成るかも知れませんが？」

「貢が大学院に行くと言えばもう二年程遅く成りますね」

「お母様には、残念でしょうが」

「いいえ、私は子供が芸能界にいる事はそんなに、好きでは有りません」

「そうなのですね、それは、有り難い」と隆博が言う。

「舞さんは性格も良いし貢も私達も惚れていますから」

「僕も、だよ」と保が口を挟む。

「保は温泉にでも入ってきなさい」隆博が言うと渋々出て行く。

飲まないから食事も早い保。

「それでね、舞さんが高校を卒業したら、婚約をして欲しいのですよ」

「今、二年生に成った所ですよ」

「あの、スタイルと顔だから、男達が放って置きませんよ」

澄子は二人の申し出に唖然とするだけだった。

そして二人は「我が家に住んで欲しい位ですのよ」と智恵子が言う。

舞の何処にそんなに魅力を感じているのだろう？

二人の会話のその後で理解出来た。

「私達には娘が居たのですが、病気で二歳に亡くなったのですよ」と急に智恵子が言い始めた。

「丁度保の上でね、舞さんを見ていると、娘が帰って来た様な気がしましてね」と隆博も、しんみりと話した。

澄子は異常な可愛がり方の意味が、ようやく理解出来たのだった。

親には自分より早く亡くなった子供は可愛いそうだと云うが、その通りだった。

年齢も同じで二人には舞が、自分の亡くなった子供の様に思えていたのだった。

その夜の三人は色々な事を話し会った。

自分達が柳井に逃げる様に来た事、弘人のひき逃げで、一家が窮地に成った事、麗香が稼ぐ為に単身東京に行った事、何故か二人には話しが出来たのだ。

哀れみを買う為ではなく今後舞が嫁に行った時に判るより、先に総てを包み隠さずに話して、それでも鹿島財閥の嫁に迎えて貰えるならばの気持だった。

これだけ総てを話して、駄目なら諦めも出来るし、舞にもそれなりに説得出来ると考えたのだ。

「お母さん、よく、そこまで話して頂きましたね、誰でも私達には、良い事しか話しませんよ、見栄とか自慢は云う人は一杯いますが、お母さんの様な方は初めてです」と感心した様に言った。

「舞さんの性格もお母さんの影響ですわね」

「恥ずかしいですわ、余計なことを一杯話して」苦笑で話す澄子。

「実家を勘当の様に出られたのですね、でもご主人はひき逃げで障害者になられて、ご苦労されたのですね」

「麗香が東京に騙されて行ってから、人生が変わった気がします」

「それは?」

「暴力団系のスカウトに騙されて東京に行ったのですが、運良く今の暁プロの社長に拾われて、運が広がったみたいで」

「そうですか?　私も調べたのですが、暁プロもその当時は決して良くなかったのですよ、麗香さんが入ってから急成長したのですよ」

「えー、そうだったのですか？　知りませんでした」

「不思議な偶然ですよ」

　隆博は調査をして殆どの事は知っていたのだ。

二十三話　取材

「麗香さんの登場、暁プロの成長が同時なのですよ」隆博が話す。

「不思議な話しですね」と澄子が驚きの表情。

「そして、妹さん達の活躍に成るのですが、このまま貢と結婚と成ると多分人気絶頂の引退に成ると思うのですが、お母さんはそれでも、良いのですか？」智恵子が尋ねる。

「私は、子供の意志を尊重しますから」と話す澄子。

　三人は楽しく時間を過ごして、澄子は久々に温泉に入って、運命の悪戯に翻弄されているのだろうか？

　逃げるような弘人との結婚、交通事故、麗香の無謀な東京行きからスターへの道、弘人の死、妹達の芸能界入りそして夢の様な結婚相手、麗香を除く二人の相手は大金持ち、澄子は中々寝付けなかった。

再三の安西の行動に暁プロも根負けして、三人の選挙応援ＣＭの制作を納得したのだった。

脚本家の北山直己は再び柳井を訪れていた。

ひき逃げ事件が落成式、そして食中毒と関連が有ると気に成ったからだ。

北山の推理は料理屋で飲んでひき逃げしたのは後援会長の安西、捜査が料理屋に及んだ為、食中毒を画策した。

唯、確証はないが、この物語の脚本を読んだ麗香が現実に耐えられるだろうか？

そして麗香以外の人間に真実を話さないで撮影が出来るだろうか？

監督を誰にするか？

相手は国会議員に成ろうとしている大物、与党のＣＭまで撮影する事が決まっている。

架空の名前を使うにしても、余りにも反響が大きいのでは？　今回の柳井訪問はその確証を得る為だった。

映画の脚本家が度々柳井に来ている事は安西の耳にも入っていた。

一度どの様な映画に仕上がるのか聞きたかった。

柳井の駅に安西の会社の人間が迎えに来ていたのには、北山が驚いた。

「先生お待ちしていました」

「何故？　私が来ることが判ったのかね」

「先生の事務所に訪ねましたら、今日から二日間はこちらに起こしだと聞きまして」

北山は渋々同乗して安西の本社の応接室に向かったのだった。

「先生、初めまして、安西です」

「こんにちは」

「再三柳井に起こし頂いているのに、挨拶が遅れまして誠に申し訳ありませんな」

「いえいえ、取材は内緒にする物ですから」

「ところで、粗方ストーリーは出来上がったとお聞きしたのですが？」

「いや、まだ肝心な部分が、出来上がっていません」

「三姉妹のサクセスストーリーですか？」

「そうですね、何故、女優に成ったのか、父親の怪我の原因とか、今は国会議員の一人位抹殺する程の力を持った三姉妹を描きたいですな」と探りを入れる言葉。

「そんな、力があの小娘達に有るとは思えませんがね」と怪訝な顔の敏夫。

「後援会長の貴方が判らないとは？」

「何が？　でしょう？　人気が有るが、でもいつまでも続かないでしょう」と微笑む。

「テレビを見れば判るでしょう」

「まあ、人気が出て最近では一番下の子供が人気ですがね」と言う。

「三姉妹には与党の幹事長の首をすげ替える事だって、出来るかも知れませんよ」と脅かす北山。

「先生、冗談が過ぎますよ、後援会長の私をからかわないで下さいよ」と笑うが、顔が引きつる。

「冗談では有りませんよ、母親の澄子さんも随分気に入られたみたいですよ」

「誰に？」怪訝な顔。

「大物ですよ」

安西は北山の言葉に背筋が凍る思いがした。

いつの間にあんな小娘達にその様なコネが、北山が帰ると早速背景を調べる安西だった。

それは直ぐに判った。

「会長、一番下の高校生のボーイフレンドが、とんでもない財閥の御曹司です」

「たかが、ボーイフレンドに何が出来るのだ、そんな事何処の学校でも有るじゃないか？」

「会長違いますよ、先日も鹿島専務が夫婦で宮島に来て、澄子と泊まりで会っています」

「何？　あのＤＡ物産の次期社長か？」流石に安西敏夫も名前は知っていた。

「はい、親父は大変な大物で芸能界にも愛人が多数いました。政治家もご意見を伺う程の大物でした。息子は真面目でまるで奥さん一筋ですがね」

「その男が態々宮島に、澄子に会いに来たのか？」

「何をしに？」

「どうやら、結婚話の様です」

「麗香と息子のか？」

「違う様です」

「誰だ？　二番目？」

「三番目の舞らしいです」

「高校二年だろう？」

「何故？　そんな小娘を？」

「判りませんが、最近のＣＭを見たら判るでしょう」

「そう言われれば、麗香より圧倒的に多いな」

鹿島の秘密を知る訳も無かったから、不思議としか安西には思えなかった。

だが、このパイプは自分の将来には大いに役に立つと、考える様に成ってしまったのだ。

舞がもし、息子の貢と結婚したらどうなるのだ。

自分が大臣に成るのも夢ではないのかも、今朝まで国家議員の夢が大臣のポストに変わっていた。

人間の欲とは恐ろしいのだ。

そうは考えても、高校生が鹿島の嫁に成る事は安西には考えられなかった。

それより今回の選挙に当選する為の方策を考えるのが一番だった。

「会長、北山の取材ですが設楽って年寄りの所と、麻生って女の所に行っていますね」

「設楽？　麻生？　誰だ？　それは？」

「設楽は七十近い婆さん、麻生は五十歳位ですね」

「映画に関係有るのか？　若い時何をしていたか調べろ」と気に成りだした安西。


北山は澄子にも夜パートの帰りを待って会っていた。

「態々、夜遅くにすみません、今日は映画の事で事情を聞きに寄せて貰いました」

「はい、何でしょうか？」

「今回の映画に麗香さんがお父さんのひき逃げ事件を入れて欲しいと頼まれまして、色々取材をしているのですが」

「はい？」驚いたが、以前から犯人を捕まえたいと話していたから、麗香が今度の映画を使って探そうとしたと思う澄子。

「ご主人が事故に遭われて二時間程見つからなかった経緯と、何故あの様な見通しの良い場所でひき逃げに有ったのかを調べていたのですよ」

「はい、私も急に飛び出したとか、その様な場所では無いので殺人かとも思いました」

「私なりの推理では多分犯人は、相当酒を飲まれて泥酔状態で、運転されていたのではと考えたのです」

「成るほど」

「それは、飲んでいた場所からの移動距離が非常に近かっただから、少しなら大丈夫だとの安心感が有ったのだと思います」

「もし、遠方からなら、飲みながら運転していた事に成りますから、それはあり得ません」

「じゃあ、近所の方が犯人？」

「多分」

「ご主人が跳ねられて見つかるまで二時間も掛かったのは？　何故ですか？」

「帰りが遅いので、印刷会社に電話を掛けました。するともう随分前に自転車で帰ったと聞きまして、長女の麗香と会社と自宅を探しました。暗くて中々判らなかったのですが、麗香が道の傍らに自転車のライトがちぎれて落ちていて、その近くを探すと側溝に主人が倒れていて、自転車は下の田んぼに飛んで居ました。」

「それではその道の反対側から車が来ていませんね、後ろからの衝突ですね」

「そうだと思います、前からなら主人も判るから多少は避けたと思いますから」

「じゃあ、その道路の後方の方角に飲む場所は有りましたか？　一キロ以内に」

「一キロでは無かったけれど、二キロ位の場所に料理屋さんが在りましたね、今は有りませんが」と言った澄子の顔色が変わった。

澄子が「それで、麻生さんの番号を？」と尋ねた。

「そうです」と北山が言う。

澄子は遠い記憶をたぐり寄せるように「刑事さんが一度お見えに成って、どうやらひき逃げ犯も目星がと云われて起こしに成られた事が有りました。でもそれで終わりました。

いつの間にか定年に成られて、確かもう病気で亡くなられたと聞きました。あの時は主人と犯人が捕まるらしいわよ、良かったわねと主人と抱き合って喜んだのを今でも覚えています」

「料理屋さんの名前覚えていますか？」

「確か一休庵だったと思います。役所関係とか、建設関係の人が多くて宴会とか仕出しの弁当で繁盛していました。でもその弁当で食中毒を出して、地元だから、責められて、それにお客が官公庁中心だったから、使わなく成って経営が苦しくなって、ご主人自殺されましたよね、妹さんが一人徳山に嫁いでいらっしゃったと思いましたが？　忙しい時はお手伝いに来られていたと、パート仲間の和子さんの同級生なので聞きました。気の毒な事でしたからね」淋しく話す澄子。

「和子さんに聞いて貰えますか？」北山は話を聞いて急に元気に成った。

二十四話　爆弾のスイッチ

その後知子の事を聞いて、思わぬ収穫だったから、麻生富子の話の裏付けを聞けると北山は徳山に向かった。

児玉知子は実家の不祥事でひっそりと過ごしていた。

主人とも離婚して、一人でスーパーの掃除をする会社にパートで勤めていた。

主人が一休庵の連帯保証人に成っていたのだ。

食中毒で店主が自殺、負債の残りが児玉知子の主人にも負担が来た。

知子は申し訳ないやら、悔しいやらで、離婚をしたのだった。

北山は児玉知子を捜すのに半日かかった。

幸い知子は陰ながら子供の成長を見たかったのだろう、嫁ぎ先からそう遠くない所に住んで居た。

嫁ぎ先の隣の主婦は、その哀れさを北山に切々と語ったのだった。

仲良くしていたらしく、話しの端々に填められたとか、騙されたとかの言葉が入っていた。

二日で東京に帰る予定が三日に成ったが、どうしても児玉知子には会いたかった。

夜に成って知子は疲れた様子で帰ってきた。

「すみません……」と声をかけると驚いた様に、「どちらさまでしょうか?」と知子は驚いた。

「私、脚本家の北山と申します」と名刺を差し出す。

「脚本家が私に何の用なの？　何も無いわよ」と相手にしない。

「料理屋一休庵の事でお聞きしたい事が」そう言うと急に態度が変わって、家の中に招き入れた。

ワンルームの小さな部屋だった。

お茶を作りながら「何を調べているのですか?」と尋ねる。

北山が事件に疑問を持っていると直ぐに判った。

「実は映画を作るのですよ」と説明を始めた。

『映画？』

「柳井で有名な三姉妹の映画です」

「ああ、有名だね！　私と何の関係が有るの？　映画にだしてくれるの？」

「いいえ、今夜寄せて貰ったのは、一休庵の食中毒事件の事です」

「あの食中毒と三姉妹と何の関係が有るの？」

「直接は関係ないのですが、色々取材をしていると関係が有ったのです」

「三姉妹が一休庵と関係が？」不思議そうな顔をする。

「今から、お話しする事は誰にも云わないで頂きたいのです、私の単なる推理なので、唯、もしそれが正しい場合、児玉さんも私も命を狙われる可能性が有ります」

その言葉に知子は生唾を飲み込んだ。

「一休庵に弁当の依頼が、中央公園の落成式のですよね」北山は知子の一番話したい事を言った。

「はい、私も手伝いに行きました、そこで弁当と吸い物を届けました」

「しばらくして安西建築の社員が、吸い物のポットが不足していると取りに来た」

「はい、何度も数えて渡したので足らないのは不思議でした」

「それは誰かが薬を入れる為にわざと隠したと思われます」

「何故？　一本に入れれば簡単じゃあないですか？」と驚いた様に知子が言った。

「沢山の目が有るから、現場では難しい、それも職人さんがいましたしね」

「大勢いますから、何処で見られるか判りませんからね」と知子も話が判ってきた。

「ここで新しいのを貰うとゆっくりと混ぜられます。多分吸い物を少し少なく入れて、継ぎ足したのだと思われます」

「そうすれば、多くの人に薬が入った吸い物がいきますね」知子が思い出しながら考えて言った。

知子が「何故？　食中毒を起こす必要が有ったのですか？」と肝心の事が聞きたかった。

「実はこの時期に、一休庵の宴会に目を付けていた刑事がいたのです」

「まだ、何か？」

「ひき逃げ事件ですよ、三姉妹のお父さんが残業の帰りにひき逃げに遭って、身体障害者に成られたのです」

「お気の毒に」

「その犯人が一休庵で宴会をしていた人なのですよ」

「それじゃ、そのひき逃げ事件捜査の攪乱をする為に、食中毒事件を起こしたと」と顔色を変えて言う。

「私の勘ではそうです」

「じゃあ、安西建築？」

「多分」

「安西は三姉妹の後援会長ですよ」

「そうです、多分本人は跳ねた人が三姉妹の父親だと知らないのです」

「そんな、惨いこと」

「そうなのです、この話はまだ誰も知りません、貴女だけです」

「何故、初対面の私に？」

「証拠が無いのです」

「確かに、もう時効ですしね」

「私は今度の映画でこの事件を暴いて、安西を社会的に抹殺したいのです」と北山は怖い顔で言った。

北山は力を込めて「刑法では裁けませんが、三姉妹の苦労と知子さんの境遇、亡くなった望月さん、一休庵の人達の無念を晴らしたいのですよ」言った。

「是非お願いします」と無念な気持ちの知子の目には涙が一杯溢れていた。

この十数年間の苦痛が込み上げてきたのだろう。

麗香にはもうそろそろ話して、監督他スタッフを決めなければ成らないからだ。
柳井に戻った北山は設楽信子に会う為に向かった。
周りが騒々しい何事かと
「何か有ったのですか？」と北山が群衆の一人に尋ねた。
「お婆さんが転落死したのですよ」
それは信子が足を滑らせ転落死をしたと云う。
二時間前だと、北山は自分の身の危険を感じ始めていた。
感づいたか？　それとも先に消したか、一番安全な場所は麗香の所だ。

北山は危険を感じて東京に直ぐに帰った。

案の定、麻生富子は翌日交通事故に遭遇していた。

東京の新聞には掲載されなかったが、北山が連絡をすると家族が教えてくれたのだ。

過去のひき逃げは時効だが国会議員になる為に、過去のスキャンダルを消しはじめたのだと直感した。

麗香の父のひき逃げは自分には関係がないと思っていたから、映画の脚本の取材で自分の過去の過ちが暴露されるとは、安西には意外な事だった。

北山は自分の身の危険を感じて脚本の執筆を急いだ。

もう柳井には近づかないのが得策だから、二人の死は明らかに自分が核心に触れた事を意味していた。

誰かが耐えず自分を見ていると、半ばノイローゼの状態に陥ったのだった。

その後の北山は無我夢中で執筆を急いだのだった。

数週間後、
麗香に電話が有ったのは原稿が出来上がって、直ぐだったのだ。

北山は麗香の自宅を訪れた。

麗香以外に誰も聞かない事を条件にと、北山の切実な声。麗香も北山の話は大変な事なのだと感じたのだった。

北山は自宅に来ると「私は誰かに狙われている、これは北進銀行の貸金庫の鍵です。映画の撮影が始まるまで絶対に見ないで欲しい、そして、二つの脚本が有るからAの方を公開して、監督その他に渡して欲しい。BはAの撮影が終わってから麗香さんだけが読んで、最後に撮影して差し替えて欲しい。多分私は映画の制作には参加出来ない気がする」

「どうしてですか？」

「時限爆弾のスイッチを押してしまった様だ」と緊張の顔。

「私達のサクセスストーリーではないのですか?」驚く麗香。

「その予定で書いていたのだけれど、途中で変わってしまった」

「くれぐれも、撮影が始まるまで読まないで欲しい、読めば撮影が出来なく成る、これは私と麗香さんの秘密の約束だ、Bのシナリオは A の撮影終わってから読んで差し替えてくれお願いします」

切実そうな北山は何かを掴んだのだと感じる麗香。

そしてそれは身の危険が伴うのだと感じた麗香だった。

そして二日後それは現実に成って、ビルの屋上から北山が飛び降り自殺をしてしまったのだ。


秀夫と政子が大変だ! 三姉妹の映画が流れてしまったと騒いだ。

麗香が通夜の時、北山さんからシナリオを預かっています。但し撮影が始まる時に公開して欲しいと頼まれていると話したのだった。

そして、北山さんの命が掛かった作品らしいです。と話すと二人は何が有ったの? と怪訝な顔に成っていた。

「三姉妹のサクセスストーリーではないの？」

「何が有ったの？　私は綺麗な三姉妹で良かったのに」

「でも反響は凄い内容かも知れませんよ、」

「北山さん自殺でないかも？」と麗香が言う。

「えー、そんな？」政子の声が驚きで変わった。

「今まで順調に私達伸びてきて、今は国民的スターになっているじゃないの？」

「でも何かが有ったのには間違い無いです、私一度柳井にしばらく帰ります、母も心配ですから」

麗香の真剣な申し出に政子も許可するしか方法は無かった。

ＣＭは毎日の様に流れて、三姉妹の撮影の時期が刻々と近づいていた。

「監督とスタッフを決めたら、シナリオを公開します、私が柳井から帰る迄に決めて下さい、お願いします」

そう言って東京を後にした麗香だった。

二十五話　撮影近し

柳井に急遽帰った麗香は自宅に母を訪ねた。

脚本家の北山が度々柳井を訪れて居た事、自殺してしまった事を話すと澄子は驚いて「少し前に北山さん来られて、パート友達で同級生の麻生さん紹介したのよ」と話した。

「お母さん、その麻生さん交通事故で先日亡くなられたのよ」

「そんな」澄子の顔色が青ざめた。

「何が起こっているの？」と尋ねる澄子。

「北山さんね、私が今度の映画にお父さんのひき逃げ事件を入れて欲しいと私がお願いしていたのよ、ひき逃げって重罪犯罪でしょう？　私達のサクセスストーリーの陰には、お父さんのひき逃げ事件が大きく影響していたじゃない」と言う麗香。

「そうだわね、お父さんの事故が無かったら、貴女が東京に行く事は無かったからね」と澄子も納得した様に言った。

「そうよ、五人が平和に暮らしていたと思うよ、お父さん達の話しを私が聞いてしまったからね、聞くつもりは無かったのだけれど偶然ね」

「北山さん何故？　自殺を」と尋ねる澄子。

「自殺では無いかも？　でも自殺かも？」

「何故？　そう思うの？」怪訝な顔の澄子。

「ノイローゼに成っていると自分でおっしゃっていて、お父さんのひき逃げ犯を見つけたか？

別の何か重大な事を見つけたのではないかと思うの」と麗香が言う。

「北山さん何回も柳井に来ていたみたいだわ」

「最近柳井で何か変わった事、有った？」と麗香が尋ねる。

澄子は考えて「そうね、お婆さんが足を踏み外して亡くなったかな？」と話す。

「お婆さん？」

「まだ七十歳には成ってなかったから、足腰は丈夫だったはずよ、だって若い時は交通の警官だったのだもの」と澄子が言った。

「交通課？」

麗香は交通課が気に成ったが、それ以上の詮索はしなかった。

それは、もしこの場で喋ると母が気にして探す恐れが有ったからだ。

もし二人が殺されていたなら母の身にも危険がと思ったから、統べては映画のシナリオの中身だと思うのだった。

安西は北山の死で事件は闇の中に葬られたと思っていた。

まさか、食中毒事件があぶり出されるとは思っていなかったから、そしてそのひき逃げ事件の捜査を担当した警官に接触するとは考えていなかった。


安西は遠い昔を思い出していた。

自宅迄数キロだったので一休庵から車で帰ったのだ。

かなり泥酔していたが近いから大丈夫と思っていたが、目の前に自転車が急に現れて跳ね飛ばしたが、バックミラーには何も無かった。

酔っ払った気のせいかと思ったが、車には傷が有り直ぐさま車を処分して、翌日の新聞を見ても何も掲載が無く安心したのだ。

新聞には締め切り時間が有り、二時間も放置されその後の記事に成ったので、二日後に小さく載ったのだが、安西の目にはとまらなかったのだ。

その後山本刑事が、一休庵にその日の宴会の事で訪ねて来た事を聞いた安西は、再三聞かれると店主が話してしまうのではとの不安が有ったのだ。

「安西社長、今夜は飲み過ぎですよ、タクシーを呼ばれたら?」

「いや、近いから、それに今の時間は人も車も少ないから大丈夫だよ」

そう言う会話を店主として車に乗ったから、怖かったのだ。

もう一、二度警察が来ると喋る恐れが有る。

事故の車は処分したが、人の口は怖かったのだ。


十年以上経過していても今、安西は国会議員と云う山に登る手前だったので、スキャンダルは命取りだった。

脚本家が食中毒事件以外も、何かを嗅ぎつけそうに成ったから処分をしたのだ。

麻生の交通事故は脇見運転で若者が出頭して終わった。

元警官は花を摘もうとして足を滑って死んだ！　で終わった。

脚本家はノイローゼの自殺に成っていた。

脚本が既に完成していたのに安西は驚いた。

監督制作スタッフが決まったので、脚本にしたがって、これから配役を決める会議が行われる事に成った。

配役が決まって、安西は脚本の内容が気に成って仕方が無かった。

二人を抹殺していたから、多分大丈夫だとは思っていたが、発表は気に成ったのだった。

暁プロがホテルで三姉妹と監督を始めとして、制作スタッフ報道陣を呼んで大々的に発表会をしたのだった。

当日関係者には脚本が配られて、後援会長の安西にも一部が配布された。

流し読みをしたが三姉妹がスターに駆け上がるまでのストーリーで、ご丁寧に後援会長の尽力が大きく書かれていた。

安西がこれは大いに選挙にプラスだと大いに上機嫌になった。

翌週から選挙用のポスターの撮影、ビデオの撮影が始まって安西は総てが自分の為に動いていると喜んだのだ。


舞の夏休みから柳井で撮影を開始する。

下準備の為に六月からスタッフが柳井に常駐して撮影場所とか、セットの場所の打ち合わせに行ったが、安西は上機嫌で手伝うのだった。

「安西さんが建築された中央公園も撮影に使いたいのですが?」

「おお、それは、良いですね」と協力を惜しまなかった。

麗香は監督に大事な話が有りますと柳井から帰ってから会っていた。

「何かね、大事な話は?」

「実はこれは監督だけに話して欲しいと、亡くなられた北山先生から頼まれた事が有るのです」

「えー、自殺した北山先生が君に？」と驚く。

「実はシナリオが二つ有って……」

「えーそれは？」

「今のシナリオは私達のサクセスストーリーなのですが、隠れた方は違うらしいのです」

「何だね？　それは？」

「私も知らないのですが、自分の死と関係が有る様なのです」

「それは何処に有るのだね」

「今の撮影が総べて終わってから出すようにと、言われています」

「何故？」

「多分また死人が出るから？　それとももみ消される、のどちらかでは？」

「怖い話しだね、でも実際に北山さんは亡くなっているからね、本当かもしれないな」

「須藤監督の胸にだけ閉まって下さい、これは北山先生の遺言なのです」

「君は読んだの？」

「先生が読んだら演技に影響が出て撮影出来ないから、終わってから読みなさいと」

「そうか、判った、撮影が終わってから読もう、そして構成して完成させよう」

「有難うございます」麗香は深々と頭を下げた。

この映画の為に北山も麻生も殺されたのかも知れないと麗香は思った。

それは須藤も北山さんは殺されたのかもと思ったのだ。

鹿島の家では貢が「舞、女優と僕の奥さんとどちらか選択するならどちらにする?」と尋ねる。

「そうね、私はね、女優と言いたいけれど、貢で良いよ、だってお父様もお母様も保君も私を大事にしてくれるからね」と舞が答える。

そして舞が「この夏の三姉妹の映画には期待しているのよ、貢と出会ったのも、統べて麗香お姉さんのおかげだからね」と微笑む。

「仲が良いのだね、三人は」

「だってお父さんが怪我して仕事出来なく成って、私達が今有るのはお母さんと姉貴のお陰だもの」舞がしみじみと話す。

舞は更に「特にお父さんが図書館を怪我で辞めてからは、麗香姉さんが私達を助けてくれたのだから、姉さんが私達の結婚を許さないと出来ない位よ」言う。

「お母さんのパートの収入では無理だよ、でもね、そのお姉さんも危なかったのよ、悪い奴に騙されて東京に行ったのだって、でもね、暁プロの社長さんに出会ったのが良かったのよ、騙した奴、ポルノビデオの制作会社の奴だったらしいよ、人間の運なんて判らないものよね、貢さんとの出会いは勿論無かったと思うわよ」

舞は昔の事を思い出しながら話すのだった。

三姉妹の選挙用のポスターが出来上がって、安西は約束通りに名簿の十位を確約されて、幹事長は大いに喜んだ。

三姉妹は選挙が始まったら全国の数カ所で、演説のお手伝い客寄せパンダをしなければいけなかったのだ。

六月の下旬には柳井近辺の駅には、三姉妹の映画で、ロケのポスター（日本髪の三人）が貼られて、いよいよクランクイン間近の様相になってきた。

後援会も各地で宣伝活動を初めて、大勢の撮影スタッフが事前に柳井に来てロケの位置合わせ、エキストラの確保、と慌ただしさが日に日に増してきた。

ロケバスが星の運転で東京を出発した。

東京のスタジオシーンも柳井に作られて、宮島、学校と各地が撮影ムードに染まっていった。

二十六話　歓迎会

翌日出演者達がロケバス二台で柳井に到着する手筈だ。

宿泊は徳山、三姉妹は自宅にと別れて、早速明日は後援会主催の歓迎会が、中央公園で夕方から安西の為に行われる予定だ。

安西建築は息子の郁夫を中心に、悪友の大木、山崎、そしてその若者達を専務の高山浩が取り仕切っている。

敏夫は会長と云う名前だけの職で、本業の市会議員も今月で退職して、国会議員を目指す準備に、その第一弾が歓迎会なのだ。

安西建築の闇の部分を高山浩が担っていたのだ。

それは敏夫がひき逃げ事件を起こした時から始まっていた。

大木一、山崎勇も高山に手足の様に使われていた。

高校、大学の時から郁夫の子分の様に成っているから、強姦の手伝いから会社に入社してからも、郁夫の命令には絶対なのだ。

敏夫のひき逃げ事件を知っているのは高山だけだった。

今回の北山と云う脚本家が、会社の昔の食中毒事件を映画の中に書こうとしているから、それを防ぐのが目的に成って四人、五人が行動していたのだ。

何故何十年も前の食中毒事件が暴露されるのだ？

若い三人には判らなかった。

高山だけが、もしかして自分がもみ消した会長のひき逃げ事件と、三姉妹の親父の事故が同じなのでは？　と考えたのだ。

そして密かに事故の時間と経緯を調べていた。

高山は敏夫には結果も自分の推理も話さなかった。

将来敏夫の致命的な弱みを握れるから、もし国会議員から大臣にでも成るような事にでも成れば、自分の要求に統べて応える状況に成るからと思うのだった。

柳井での北山の行動を大木と山崎に尾行させていたから、高山には北山の行動が判ったのだ。

唯、この二人は女にも興味が多いに有ったので、尾行を最後までしない時も有った。

そのお陰で児玉知子の存在は高山に知られなかった。

尾行中に可愛い女性に興味を持って、ビジネスホテルに帰ったと報告されていた。

高山がその後、北山の東京での行動を調査会社に依頼していたが、執筆活動と麗香に会って、暁プロに会ったとしか報告がなかった。

そして数週間後、高山が北山に脚本を見せて欲しいと電話をかけた事に、北山が恐怖に成ってノイローゼが進んでしまった。

いつも誰かに狙われていると錯覚する状態に陥った。

児玉知子は北山から聞いた話で色々な事に、注意をしながら毎日を過ごしていた。

北山の自殺、麻生富子の交通事故、これは北山の言葉と一致する事だった。

誰にも言わないで下さい、映画の脚本で暴くと言った北山の言葉だけが唯一の頼みだった。

次期国会議員に成ろうかと云う安西建築の会長の話と、自分の話を警察が聞く筈が無いから、今は耐えるだけだ。


そうは思っても気に成る知子は、後援会の会場、悪夢の中央公園会場に向かうのだった。

気に成ったから、でも何も出来なかった。

夏休みの期間は尾形良樹も麗香達と行動を共にしていた。

会場の設営、ポスターの掲示とか、バイトの仕事は大忙しだった。

久々に会場準備で大木、山崎は尾形と対面していた。

「お前、何しているのだ?」と良樹を見て尋ねる。

「暁プロでバイトですよ、貴方達は安西建築さんに入社したのですか?」と尋ねる良樹。

「何故？　暁プロなのだ？　まさか？　麗香さんを追いかけて？」と山崎が言う。

大木が「学生時代の麗香さんとは違うのだよ、お前が想っていて側に居ても相手は今じゃ大スターだ、相手にされないよ自分を知る事だよ」と笑った。

山崎も「今度は会長の選挙の応援までして貰えるスターだよ、お前が麗香さんの前をウロチョロすると今度は許さないからな」と息巻いた。


そこに秀夫と政子が麗香と設営の状況を見に現れた。

山崎と大木の二人は「ご苦労様です」と深々とお辞儀をしたのだ。

麗香が良樹を見つけて駆け寄って「此処に居たの？」と腕を掴んで微笑んだから、大木と山崎はお互いの顔を見合わせて唖然としたのだ。

三人がその場を去ると二人は急に「お前、麗香さんと付き合っているのか？」と驚いて尋ねる山崎。

「聞かなくても判るだろう、山崎何処に目が付いている」大木が笑った。

「今後は仲良くしよう、な」と急に握手を求める二人だった。

渋々手を差し出す、良樹には苦笑いしかなかった。

翌日会場は人で埋め尽くされた。

この日聡未と舞が歌を公開で初披露したのに、会場は大いに盛り上がった。

何処にも書いてなかったから、二人のデュエットとソロ、後援会長の長い話しの後だったから一層盛り上がりも格別だった。

会場の外にも大形ビジョンが設営されて入れない人達は公園で楽しんだ。

暑い夏の夕方から夜のイベントに訪れた人々。

「まだ、暑いのに、あの演説は疲れたな」

「三姉妹無かったら、誰も聞かなかったよ」

「もっともだ、逆なら誰も居ないで」と会場に来た人々が口々に言うのだった。

その大勢の中に母澄子と友達和子の姿も有った。

麗香達が呼んでいるから特別席で「貴女の子供達、凄いわね」と和子が言う。

「そう、子供の遊びでしょう」そう言って笑う澄子は、これから撮影される映画が気に成っていたのだ。

会場の中に児玉知子もいた。

知子は三姉妹では無く会長を、瞬きもしないで見つめていたのだった。

新藤、結城の二人のカメラマンも助手も撮影をして、特に安西は自分と三姉妹達の絵を重点に写して欲しいと要求していた。

選挙に使用出来るからだが、ビデオ撮影は成るべく安西を写さないで撮影していた。

売れないから、直ぐに編集して来週のテレビに流されるのだ。

秀夫と政子は歌手でも売り出そうと準備をしていたから、完璧な演出だったのだ。


二日後から撮影が高校を使って始まる。

北山のシナリオでは安西は重要な役に成っていたので、その安西役が轟だったのには驚いたが、麗香が指名したのだ。

あの男には適役よと思ったのだった。

まだシナリオBは金庫の中だ。

麗香も須藤もシナリオBを見たい気持は大いに有ったのだが、演技に影響が有ると言われていたので見なかった。

シナリオBが見られるのは早くても来年に成るのだ。

「どう思った？　彼女達の歌？」

「良かったと思います」

政子がメイク、衣装の小山内と酒井に尋ねた。

「歌手でも充分ですよ」

最初のスタッフはそのまま麗香と共に成長していた。

暁プロも三人の大スターを抱えた状態に成っていった。

映画の撮影をしながら、CD、ビデオが発売されて、撮影現場は毎日盛況で、多数のガードマンを必要としていた。

澄子も時間が有れば見物に和子と行って「澄子さん役の女優さんに意外と似ているじゃないの？」と冷やかされていた。


良樹も久々に柳井に帰って母千絵に会っていた。

「麗香さんと仲良くしているのかい？」

「うん、彼女大スターだけれど、僕の事、愛しているからね」

「お前達二人には、感心させられるよ、本当に良い子だよ、あの子は気取らないしね、お前一筋だろう、今でも信じられないよ、母さんは」

「高校の時から彼女、何も変わっていないよ」と言う良樹。

「お前の何処に惚れているのかね」微笑む千絵が言う。

「妹達の彼氏も俺の友達なのだ、良い奴達だよ」

「大金持ちだろう？」

「二人共金持ちを表に出さないから、良い奴だよ」

「舞ちゃんの彼氏だろう？」

「聡未ちゃんの彼氏も同じだよ」

「そうかねお前だけが貧乏母さんの子供か」そう言いながら千絵は苦笑いをした。

「麗香のお父さんひき逃げ事故だっただろう、俺の父さんと春樹兄さんの事故に共感したのかも知れないよ」と良樹は話す。

「そうよね、交通事故でお互い苦労しているからだろうね、麗香さんを大切にしてね、お前には金も地位も財産も無いからね、愛情だけは三人で一番にしてやらなければね」千絵がしみじみと語った。

良樹も、それしか自分には無い事は充分に知っていた。

二十七話　慰労会

中央公園での歓迎会の様子が早速翌週テレビで放映されて、安西は「この放送は何だ？　俺が殆ど写っていない」そう言って怒る。

高山が「仕方ないですよ、会長はまだこれから有名に成られるお方ですから、やがては大臣ですよ」と煽てる。

「そうか？」と笑顔に成る安西。

「今は三姉妹が大いに売れる事が、会長の人気に繋がりますよ」と話す高山。

「成るほど、流石は高山だな、先を読んでいるな」と褒めたが、高山はお前が登れば俺が儲かるのだよと苦笑していた。

ＣＤも同時に発売されて、早速歌番組から出演依頼が殺到したので、暁プロの思惑が当たった。

「聡未は歌上手いわね」

「麗香姉さんも歌えば良いのに」

「私は音痴よ」撮影待ちに舞と麗香が話していると、政子が「上手下手で売れる訳では無いからね、タイミングよ」と教える。

「でも、私の歌は辞めるわ」そう言って高校生姿のセーラー服で走って行った。

舞は日に日にスタイルが良く成って、とても小学生の役は出来ないから、子役が準備されてのだった。

「もうすぐかも、もう伸びなくても良いけれどなあ」と話しながら政子と舞は撮影現場を見る

「でも、綺麗に成りすぎたからよ、背も170有る?」

「私、出演場面少ないわ」とぼやくのだった。

約40日の予定の撮影が終わりに近づき、後半は宮島での撮影が有ったので、安西が主催で宮島のホテルを貸し切りで慰労会が行われる事に成っていた。

その慰労会の前々日鹿島の家族が、克美と一緒に撮影現場にやって来た。

その事は直ぐに安西の耳に入った。

もみ手をしながら挨拶に鹿島の宿泊の旅館までやって来た。

「遠路、見学に起こしに?」対面した安西が言う。

「貴方は?」

「申し遅れました、後援会長の安西です」

「三姉妹の後援会長さんですか?」

「はい、地元で建築業をしています」

「私は……」言いかけるのを制止して「存じています、DA物産の次期社長さんの鹿島さん」と

破顔の安西。

「はあ、娘の演技を少し見に来ただけですから、大袈裟にしないで下さい」と隆博が微笑む。

「む。す。め」と唖然とした表情に安西が成った。

北山の話は本当だったと確信した。

「舞さんですよ」と智恵子が笑った。

「息子さんとのご結婚ですか？」と怪訝な顔の安西。

「まだ、先ですよ」そう言うと二人は撮影現場に向かって行く準備に行ってしまった。


敏夫は懇意にして損はないと思ったが、「地元の下品な人ね」と智恵子が言ったら「早めに後援会長変更だな」と隆博が苦笑いをするのだった。

「今晩の予定伝えたか？」

「貢には言いましたわ」

「そうか、みんな親戚になるかも知れないからな」今度は上機嫌で笑う隆博だった。

隆博はその夜、三姉妹の為に部屋を用意していた。

宴会場と共に景山克美、尾形良樹も呼んで自分達家族と会食をする為にだ。

今日の撮影と明日昼間に少しの撮影で柳井、宮島ロケは終了で後はスタジオ撮影と舞の冬休みに撮影が予定されている。

Ａシナリオだけなら、もしＢシナリオの撮影が行われたら春休みに成って公開は夏にずれ込むのだ。

須藤の頭には多分夏の公開に成るのだろうと考えていた。

「暑い時期の撮影は大変だね」隆博が言う。

「貴方は汗かきだから、無理ね」智恵子に言われて汗を拭く隆博だったが「舞ちゃん出て来た」と身を乗り出す。

「あれ？　あの役者さん、貴方の役じゃないの？」と指をさす智恵子。

「えー、私が登場するのかい？」と驚く。

「その様だわ、じゃああの女優さん私？」

今度は智恵子がびっくり顔に成った。

「お前の方が綺麗だな」と褒める隆博。

「貴方は口がお上手ね」と笑う智恵子に保が走って来て「あれ、パパとママだよ」と言う。

今度は「ほら、あれ保よ」と指を指すと「あちゃ、恥ずかしいな」と照れるのだった。

夜に成って「自分が登場するとは思わなかったよ」と隆博が大きな声で笑った。

隆博が「まあ、ご苦労さんだったね」そう言って宴会場に浴衣姿の面々の前で乾杯の杯を持った。

「三人が浴衣姿でいると花が咲いた様ね」と智恵子が微笑みながら言う。

「明日は後援会主催の慰労会だから、気が抜けないだろうが、今夜は和やかに飲んで食べて楽しんでゆっくりしてくれ」と隆博が笑顔で言う。

舞と保以外はビールを飲んでいた。

「未成年は飲んだら駄目ですよ」智恵子が笑いながら言う。

三人共に長い髪をアップにして留めていた。

夏の風呂上がりは暑かった。

飲み物がドンドン消化されて、いつの間にか三人共にペアで座って話し出した。

その光景に目を細めてにこやかに隆博が見て「仲の良い連中だ」

「同じ大学で同級生が姉妹を好きに成る何てね、奇跡ね」と智恵子が微笑む。

「僕にも奇跡が欲しいよ」保が口を挟む、それ程三人ペアは仲が良かった。

夜遅くまで盛り上がって、麗香達がそれぞれ夜の宮島の散歩に出掛けて、自分達の部屋に戻ったのは真夜中だった。

楽しい夜の散歩をそれぞれが楽しんだのだった。


翌日昼過ぎのシーンで撮影が終わり、夕方からホテルを貸し切りで慰労会が行われた。

鹿島達も招待されていて「保君、あのね、可愛い子紹介してあげるわ、期待して慰労会に来て」

と舞に言われて保はワクワクしながら待っていた。

相変わらず長い安西の話に呆れ顔の面々「長いね」保は舞の言葉に期待していたから、尚更話が長く感じていた。

しばらく安西の話と云うか挨拶と云うか演説なのか？

「議員の人気は出ないわね」智恵子が笑って隆博に言うと「要点が判らないね、自慢の固まり」と笑った。

三姉妹と監督の挨拶の後、暁プロの大門秀夫が「柳井の皆様を始め沢山の方々のご協力で、無事にロケが終わりました事に感謝致します」と締めくくった。

しばらくして「保君、お待ちどうさま」と舞が可愛い女の子を連れてやって来た。

「穂純綾ちゃんよ、私の中学校の後輩なの」

「鹿島保です、よろしく」照れながら言う。

「穂純綾です、来年から望月さんの学校に入学予定です」と笑顔で挨拶をする。

「えー、東京に?」と喜ぶ保。

「そうよ、頼まれちゃったの」舞が言う。

地元では三姉妹の人気に便乗して芸能界に入りたい子供が増えていた。

その中に舞の中学の後輩が居て、自分の中学時代に似ていたから、保に紹介したのだった。

「東京に行くから仲良くしてあげてね」と舞が言う。

高校一年の保は一つ年下の綾を気に入った様子に、舞は安堵したのだった。

須藤監督が麗香に「もう一度撮影に来るかも知れないな」と囁いた。

頷く麗香だった。

来月からスタジオ撮影が待っていた。

翌日ロケ部隊は東京に引き上げて行った。

静かに成った柳井の町で澄子が「まるで、台風だったわね」と和子に言う。

「でも、貴女の子供達は何度見ても凄いわ、どの様な配合なのかね、美人が三人も産まれる何てね」と笑うのだ。

「弘人さんと相性が良かったのかしら?」と微笑むと「死んでも愛しているのね」と和子が言う。

「愛しているわ、今からお墓に報告に行くわ、無事に撮影が終わったとね」

「そうね、もう返事は心でしか聞けないからね、どんな映画に成るのだろうね」和子がしみじみと語った。

「どの様な映画でも良いわ、弘人は天国で見て感動するから」と微笑む澄子。

パート先からお寺に自転車で向かう澄子だった。

お墓に行くと数人の人達が暑い昼間を避けてお参りに来たのか「元気だったのに、急に、だったわね」

「そうよ、元々警官で足腰が丈夫だったのにね」

あっ、麗香が聞きに来た時に話していた元警官のお婆さんの事だ。

澄子は話しかけようか？　思案していた。

二十八話　新聞記者の心

「すみません……」澄子は声をかけた。

「何でしょうか？」と一人の男性が振り向いた。

「元警察官の方だと、今、聞こえたもので」

「そうですよ、交通課の警察官をしていましたのよ」

「私の主人も交通事故が原因で亡くなりまして」と話す澄子。

「そうでしたか？」

「ひき逃げでね、山本刑事さんがよく自宅に来られていました」と澄子が言う。

「えー、山本刑事さんですか？　母も退官する前は山本刑事さんとコンビを組んでいました」

と驚いた様に言った。

「そうなのですか？」

「もう少しで見つかるらしいわ、悪い奴よね、ひき逃げなんて、とよく家で話していました」

「もう十年以上も前ですけれどね」

「待って下さい、母が話していたひき逃げ事件って奥様のご主人？」と驚き顔に成った。

澄子の顔色が変わった。

設楽勝は信子の長男で、信子の月命日に合わせて墓参りに来ていた。

「何か覚えてらっしゃる事は他に有りませんか？　今も犯人は捕まっていないのです」と澄子
が話す。

「そうですね……」そう言って考えて「そうそう、重要な証人が亡くなって、残念だと、山本刑事が悔しがっていたと聞きましたね、それくらいしか覚えていませんね」

「重要な証人が死んだ！　そうですか？」

澄子は残念そうな顔に成った。

「お母さんが亡くなられた場所って、よく行かれる所なのですか？」

「いいえ、孫に花でも採ってやろうとしたのでは？　と警察には言われました」

「そうなのですね」そう言って墓に手を合わせた澄子だった。

お寺からの帰り道、澄子は重要な証人が亡くなった？　が非常に気に成っていた。


二学期に成って保と綾はメールで話をして親密に成っていた。

智恵子は既に舞に尋ねて、相手の両親の事を調べていた。

智恵子は家柄とか資産、学歴は気にしないが性格は非常に重要にする。

本人よりも両親の性格を、だから澄子が気に入ったのだ、隠す事をしない人柄が好きだったのだ。

穂純綾の実家は資産家で、母親の性格は明るい、娘が三姉妹に憧れているから東京の学校に行かすが、自分の娘に才能が有るとは思っていなかった。

頑張って駄目なら諦めて他の道を歩むだろう、心に思ってしないのは駄目だといった考え方だった。

智恵子はその考えに賛同したから、何も言わないで保との付き合いを黙って見ているのだ。

貢も保も自分が責任を持てるまでは、女性との関係は持たないと堅く智恵子に言われていたから、舞とはキス以上は何もしないのだった。

多分保も同じだろうと信じていた。

今は鹿島家の居候だから、自分で働いて食べさせていけるなら自由に何でもしなさいだった。


数日後澄子は我慢出来ないで地元の新聞社を訪れていた。

「すみません、何十年も前の記事って見られるのでしょうか?」と恐る恐る尋ねる澄子。

いきなり地方の新聞社に行って聞いたから、事務の女性が「そんなの、有りませんよ」とぶっきらぼうに言うと、別の男性が「何見たいの?」と強い口調で言う。

「亡くなった方を」と尋ねる澄子。

「叔母さん、それは新聞社じゃなくて、お寺だよ」と言って笑った。

「事故とか、自殺とか殺人で亡くなった方なのですが?」と再び尋ねる。

「だから、死人はお寺、判る叔母さん」と男は念を押す様に言うのだった。

諦めて帰ろうと扉を開けようとしたら、外から記者の金沢梓が帰って来て「麗香さんのお母さん！」と叫んだ。

軽く会釈をして帰ろうとする澄子に「何か用だったのですか？」と尋ねた。

「はい、でも良いですから」と帰ろうとする、澄子の手を引っ張って「何なのですか？　お役に立てるなら何でもしますわ」と梓が部屋に連れて入る。

中の事務員と男が申し訳なさそうに「えー、三姉妹のお母さん」と驚く。

女も「知らなかったので、すみません」と言いながらテーブルにお茶を持参した。

金沢梓は山口日報新聞の徳山支社の記者だから、三姉妹も澄子も何度もカメラに撮影して記事も書いていたから、知っていた。

記者に成って七年、地方新聞はカメラマンも記者も、芸能も事件も何でも取材して記事にするのだ。

祭りも有れば葬式の取材もするのだった。

三十歳の記者としては一番面白い時期だった。

今話題の柳井の星で有る三姉妹の母と、話が出来る事は梓には光栄だった。

それも何か意味有りの様子に記者の本能がむき出しに成ったのだ。

「お母さん、何を聞きに此処に？」

「実は私の主人がひき逃げに遭った後、柳井近辺で亡くなった人を探しに来たのです」

「えー、私が記者をする随分前ですね」

「はい、先日主人のお墓に行った時に、元警察官のお婆さんの息子さんに会いまして」

「あっ、それ設楽さんね」

「よく、ご存じですね」

「これでも記者ですからね、普通の亡くなり方では無い時は調べますから」

「それは？　変じゃあ無かったのでしょうか？」と聞きたい澄子。

「お母さん、その事件も何か？」

「いえ、別に」

「警察は孫に花でも摘んでやろうとして落ちたと決めていましたね」

「私もその様に」

「でもね、私現場見たのですが、摘むような花は無かったですよ、少し上に行ったら、花が一杯咲いて綺麗でしたよ」

「はい」

「地元のそれも年寄りが花の場所は判るでしょう」

「じゃあ、事件？」澄子が身を乗り出した。

「いや、私は花を摘んで滑ってないと想っているだけで、他の理由が有ったかも知れません」

「そうですか」落胆の表情に成る澄子に「話し戻りますが、息子さんが何を？」と尋ねた。

「亡くなられた設楽さんとコンビを組まれていた山本刑事が、重要な証人が亡くなったと、もう少しでひき逃げ犯を逮捕出来たのに残念だと、言われたそうなので」

「成る程、その話ですと、自殺、殺人、事故ですね」

「判りますか？」と期待に身を乗り出す。

「昔の事ですから判るか、一度調べてみます」

「これ私の携帯番号です」とメモ書きを差し出した。

梓にはこの番号は宝物だった。

三姉妹の取材も大手の新聞社の質問記事を書くだけだったから、これが有れば独自の取材も出来るから、スクープも夢では無いのだ。

澄子は深々とお辞儀をして新聞社を出て行った。

パートの休みに徳山まで出て来たのだ。

執念だ！　でもあの設楽さんも変な死に方なのね、まさか？　麻生さんも？　澄子の踵がまた新聞社に向かっていた。

「お母さん、何かお忘れものですか？」先程の男性が今度は丁寧に言って、澄子は笑いそうに成ったのだった。

「先程の金沢さんは？」

「二階の資料室ですが？」

もう調べているのだわ、中々俊敏ね、そう思った。

「呼びましょうか？」

「はい、お願いします」

しばらくして金沢が降りてきた。

「何か言い忘れでしょうか？」

「あの、これは最近の事なのですが、家の近くの麻生富子さんが交通事故で亡くなられているのですが、この事故は不審な点は有りませんか？」

「少し待って下さい」

流石にこれは事故だから梓は知らなかった。

「有りました、設楽さんと殆ど同じ時期ですね、若者が跳ね飛ばして自首していますね」

「不審な点は有りませんか？」

「調べて見なければ判りませんが？　これが関係でも？」

「麗香が映画の脚本家の北山さんが、柳井で会った人だと言ったのを思い出しまして」

「三姉妹の脚本家で自殺された？」

「はい、北山さんが会われたのが設楽さんと、麻生さんです」

「何ですって！」梓の声が大きくなった。

大事件かも知れない、大スクープかもしれない、梓は自分の心臓の音が聞こえる様な興奮を感じていた。

「お母さん、誰にも言わないで、危ないですよ」

「そうでしょうか？」

「これは記者の勘ですが、地雷を踏んだのですよ」

「誰が、ですか？」

「北山さんです」

「えー」

今度は澄子の顔が青ざめたのだった。

二十九話　梓の調査

澄子は新聞社を後にした。

「奥様、これ以上この事件に首を突っ込むのは危険ですよ、私が調べて逐一連絡しますから、待って居て下さい」

そう言われて自分でも何か怖い事が起こっている様な気がしてきたのだ。


九月半ばにハチ公前で、初めて秀夫に会うシーンの撮影が行われた。

周りは黒山の人、朝の六時過ぎを夕暮れに仕立てていた。

側で見ている秀夫が、流石に宝くじのシーンは入れられないよなと、苦笑いをしていた。

ホテルでの裸のシーンはスタジオ撮影に成った。

吹き替えのヌードを使うが、流石に高校一年の春の身体は無理だから、でも映画を見た人がドキリとするシーンにしなければと、監督の腕の見せ所だ。

麗香が「私よりも、綺麗な身体の子ね」と笑った。

政子役の女優さんを政子が見て「綺麗すぎよ、私より」と笑うのだった。

その後も麗香を中心としたスタジオでの撮影は進んだが、何度も脚本を読んでいる須藤監督は、このドラマが三姉妹の綺麗なサクセスストーリーに成っていない事に気が付いていた。

要所、要所にサスペンス的な要素が入っていたから、シナリオBは多分何故自分が死んだか？

有る意味、遺書なのではと考える様に成っていた。

それはパズルの様に繋がって行くのだと確信していた。

金沢梓は毎日の様に資料室に閉じこもり、過去を探していた。

中々それらしき事件が無い、そもそも、麗香の父の事故そのものが記事に無かった。

金沢梓は柳井の交通課を訪れていた。

麻生富子の事故の資料を確認する為に、犯人として自首した若者の自供と事故の経緯は一致している。

不審な点は無い、岡部栄介二十二歳、一応住所を控えて梓は帰って行った。

職業は建設関係のバイトを数回していて、ギャンブル好き、スナックに勤める女、小夜子と同棲を当時はしていた。

翌日小夜子のスナックに一度行ってみよう、梓の性格は兎に角自分が納得するまで調べるが鉄則だった。

小さなスナックは夜の七時半に開店したので、梓は待ちかねた様に入った。

「いらっしゃい」と五十歳位の女性が出迎えた。

「すみません、こちらに小夜子さんって女性働いて居ませんか？」

「貴女誰？」

「知り合いに聞いたので」

「建設関係の人ね」

「はい」と適当に返事をしたら「もう、辞めたよ、子供が生まれたみたいだよ」と教えてくれた。

「子供ですか？」

「彼氏の子供ね、当分一人で育てるからって、広島にでも行ったのかも」

「何故？　彼氏と住まないの？」

「務所には住めないでしょ」と笑った。

「小夜子さんよく知っているの？」

「いいえ、彼女が辞めてからここに来たから、知らないわ」

「そうなの？　でも仕事もしないで、一人で育てるのは大変でしょう？」

「お金の心配は無いみたいよ」

「何故？」

「ギャンブル好きの彼が大穴当てたらしいわ」

彼女の居場所は知らないと言ったので、梓はビール一本飲んで店を後にした。

しかし、店のオーナーに変な女が小夜子の事を聞きに来たと報告をしていた。

高山の耳に情報が入ったのは速効だった。

「大木、山崎直ぐに調べろ、岡部の女を調べに来た三十歳位の女がいたらしい」と指示をした。

夜に成って「高山さん、麗香の母親が聞きに行ったのでは？」

「何故だ？　麻生富子の知り合いだからです」

「お前らは、アホか？　三十歳位って言っているだろう、パートの叔母さんが探偵するか？

会長には金の卵を産む鳥だ、真面目に探せ」

二人は高山に叱られてショックを受けていた。

二人は当たっていたのだ。

梓からの連絡で澄子は気に成ったので探そうとしたのだった。

しかし、素人だから探し方が判らないから、スナックの近所のスナックに聞きに行ったのだ。

梓の推理は岡部がギャンブル好きだから、もしかしてサラ金等に借金が有ったのかも知れない。

そこに愛人か恋人の小夜子に子供が出来た。

真犯人がこれに目を付けて、実際麻生を事故で殺したのか？

それとも身代わりか？　半分以上故意に殺したと確信していた。

その後も暇が有れば梓は過去の事件を探していた。

半月以上経過した時、中央公園の会場落成式で大勢の来客が昼食で食中毒の記事を発見した。

「これ？　怪しい」と口走った。

直ぐに電話で「事故で亡くなった麻生富子さんの仕事知っている？」と澄子に尋ねた。

「何か見つかりましたか？」と期待の声。

「いえ、北山さんが会われた理由にもしかして、麻生さんの昔の仕事が関係しているのでは？」

「昔の仕事ですか？　一休庵に勤めていたと聞いています、最近はスーパーのバックヤードで弁当とか惣菜を詰める仕事だったと」

「そうですか、ありがとう、その辺りのスーパーと云えばスーパーワールですよね」

「そうだと、思いますよ」と澄子が答えた。

梓は翌日そのスーパーワールを訪ねた。

「以前此処に勤められていて、事故で亡くなられた麻生さんの事をお聞きしたいのですが？」

と尋ねる。

「それなら、長門真理さんが友達だから聞かれたら、今日は休みですよ、明日なら」

自宅を聞こうかと思ったが、明日また来るか、梓は別の仕事も残っていたので、徳山支社に帰って行った。

繋がった！　この一休庵の食中毒事件だ。

澄子さんが探している人とこの食中毒は関係が有る。

設楽信子さんの死はどんな関係が？

梓の頭の中で縦糸と横糸が絡み合ってもつれていた。

十年以上も前の事件と、今回の二つの事件がどの様に関連するのだろう？

北山さんの自殺も不思議な事件だ。


柳井の町を始めとして、主要な場所に三姉妹と安西のにこやかなポスターが貼られて、安西は上機嫌だった。

与党のＣＭにも三姉妹が登場するのは来年からだ。

撮影が終了して編集に成っていた。

高山の元に「調べているのは、女性の新聞記者です」と大木達が報告した。

「何を調べている？」

「麻生の事故です」

「岡部の女は？」

「広島です」

「相手は新聞社だ、探し出す可能性が有る、山崎お前が岡部の代わりに捕まるかも知れないな」

「身代わりなら俺は重罪に成るじゃないですか？」

「二人共消すか？」

「交通刑務所ですよ」

「取り敢えず女は消した方が良いな」

「記者は？」

「新聞社は一人だけが知っている訳ではないから、手を出すと警察が動くから駄目だ、糸を切るのだ」

翌日二人が小夜子と子供を連れ去ったのだった。

岡部に手紙で警察が怪しんでいるので、貴方が出てくるまで身を隠しますと送ったのだ。

小夜子は岡山まで移動して生活をさせて、二人には殺せなかった。

麻生を交通事故で殺し、設楽を崖から突き落としたが、これ以上殺人は死刑に成ると怯えたのだ。

大木の知人が岡山にいて頼み込んだのだ。

小夜子は岡部が貰った大金を持っていたから、何処でも良かった。

岡部の出てくるのを子供と待つだけだったからだ。

翌日梓は長門真理に会ったが、昔話は余り本人がしなかったと云った。

唯、食中毒の事件で店主にもの凄く叱られた話しは聞いていて、自分のミスでは無かったのに残念だと、何度も聞いたと教えてくれたのだった。

女性記者は常に高山の雇った探偵が尾行していた。

そして逐一報告をしていたのだった。

梓は取材に完全に行き詰まっていた。

探偵は高山にもう取材はしていませんね、年末の準備とか、他の関係の仕事をしていますよ、と報告をしていた。

小夜子がいなければ前には進まないだろう、高山は安心した。

三十話　六年の歳月

冬休みに成って、舞が合流した撮影が始まった。

秋の紅葉の時に、宮島の撮影会を実施しての簡単なロケも撮影していた。

パズルの様な撮影で部分、部分を撮影するから、出演者もどの様なストーリーに出来上がるのかが判らない作品だった。

脚本も小分けにされていて、過去、現在、未来が混ぜられていたから、カット撮影が多かった。

ロケ以外の撮影は、監督以外には意味不明の映画撮影だったのかも知れない。

轟が「長年役者していますが、こんな映画初めてですよ、出来上がったら見たいですね」と言った位だった。

秋吉台、青海島、角島の過去の撮影フィルムが大いに役立って、須藤監督は喜んだ。

今の映像技術とＣＧも使いスタジオで相当な部分が制作出来るのだ。

年末ギリギリ迄撮影をして三人は柳井に帰って行った。

母澄子と四人で過ごす時に、澄子は待っていた様に麗香を呼んで、新聞社の金沢梓の話を始めた。

麗香が話した事が正しい事を、麻生富子も設楽信子の死も怪しい事、麻生を交通事故で殺した岡部の内縁の妻が子連れで行方不明の事。

「お母さん、実はね、北山さんの自殺怪しいのよ」

「やっぱりね」と納得顔に成った。

「まだね、映画の撮影残っているのよ」

「長いわね」と澄子が言う。

「三姉妹のサクセスストーリーではないのよ、北山さんの遺書だと思うわ」

「そうなの？」

「だからお母さん、映画が完成するまで事件の事に首を突っ込まない方が良いわよ」

「犯罪者を逃がしてしまうから？」

「それって、お父さんを殺した人なのかね？」

「判らないわ、少なくとも北山先生を殺した人ね」

「でも先生は、貴女達の物語を取材に何度も此処に来られて、亡くなられたのでしょう、脚本とかは完成していたの？」

「出来ているのよ、映画の公開も当初の春から夏に延期に成ったのよ」

「参議院の選挙の時期かい？」

「多分ね」

「後援会長の応援映画みたいに成るね」と笑った。

年末にその連絡は後援会の事務所にも届いて「夏に公開が延びたのか？」と安西が言った。

「その様です、脚本家が亡くなったので、手間取っているらしいですよ」

「高山、脚本家の影響は大きいのだな」

「でも会長、夏に成ると選挙と重なりますから、会長にも有利で、党の本部も喜びますよ」

「そうだな、宣伝効果抜群だな」と微笑む安西。

「連絡をされたら喜ばれますよ、正月明けからＣＭも流れます」そう言われて喜ぶ敏夫だった。

正月明けに日本髪で三姉妹の初詣風景の撮影でシナリオＡが完了する。

明治神宮には朝から大勢のエキストラ、自由参加で正月らしい服装ならＯＫだったので、三ヵ日がまた来た様な人数が集まったのだ。

「ＯＫ」の須藤の声で撮影が終了した。

出演者達の契約が三月迄に成っているのに「もう、終わり？」

「別に予告編を撮影しますので、その時はお願いします」と助監督が大きな声で言った。

「聞いた事ないな、予告編って本編を編集するのでは？」

「この映画は変わった撮影だったな」

「何を作っているのか？　ストーリーが全く判らない」とか出演者が口々に言う。

「お姉ちゃんも判らなくて演じていたでしょう？」聡未が言う。

「そうね」

「貢達が来たわ」舞が嬉しそうに言う。

「こんにちは」

着物姿の三人と写真を撮りたいと三人揃って来たのだ。

新藤が特別に集合写真と三組のペアの写真を撮影してくれたのだ。

新藤も結城も舞の彼氏鹿島に世話に成っていた。

舞と貢の口利きで数多くの企業のパンフレットとかの制作をさせて貰って、今では大きなスタジオを持つカメラマン兼経営者に成っていた。

結城も同じで企業のCM制作会社を設立しているのだ。

だから二人は自分自らこの映画には時間を割いて参加しているのだ。

三姉妹と共に大きく成長したのだ。

メイクの小山内も自分のスタッフを抱える会社、後ろに化粧品会社の応援が付いていた。

衣装の酒井も全く同じで洋服、着物の会社のバックアップで自由自在な仕事が出来ていた。三姉妹に関係した最初の関係者には、自分の夢が舞い降りたそんな待遇だったのだ。三姉妹の人気に乗れば多少は有名に成れるかも知れないと、そんな思いで参加した人達が今、全員大成功を収めていたのだ。

ロケバスの運転手の星も数台のバスを持って社員を雇う社長なのだから、勿論暁プロはビルを統べて借り切る規模に成っていた。

鹿島の口添えが総てに関連していた。

「皆さん、乗って下さい、発車しますよ」

星が夕方に成ってロケバスにみんなを呼んだ。

「社長自らの運転ですか？」

「からかわないで下さいよ」と笑いながら、全員が乗車するのを待っていた。

「苦しいわ、着物」そう言いながら着替えに向かう舞、もうすぐ高校三年生、貢が目を細めてそんな舞を見つめていた。

麗香と聡未が良樹と克美と一緒に乗ってバスは発車、下回りにはファンが一杯でカメラを向けるのだった。

「初めての時は可愛い小学生だったのに、今では綺麗なお嬢さんだ」

星は運転しながら、着替えて出て来た舞を見てしみじみと語った。

「六年の歳月は怖いわね」

政子も今の自分達の境遇を驚きの表情で語った。

「専務、彼女達、天使だったのかね」

「そうかもしれないわね、こんなに成るとは流石に想像出来なかったわ」政子は思い出して話す。

一番前の二人の会話は誰にも聞こえなかったが「バスの運転手しか能力の無い私でも社長と呼ばれているのだから、驚きですよ」

「不思議な話だよね、彼女達の彼氏も凄い、良い男だし、彼女達も遊ばないで真面目だからね」

「芸能界の異端児ですよ、彼女達」

二人の話の最中に順番に着物から洋服に着替えて、髪だけが日本髪そのままで異様な感じだった。

麗香は明日いよいよ、シナリオBを須藤監督と見る事に成っていた。

それは二人以外誰も知らない、勿論政子も知らないのだ。

唯、予告編の撮影を来週か再来週から始めるとは聞いていた。

過去には無い撮影方法と予告編を別に撮影するのは、政子の長い仕事の中で初めての事だったのだ。

三人は、美容室の前で降りると彼氏達も一緒に降りた。

サロンバスは星と政子の二人に成って「事務所で良いですか？」と星が聞いた。

「星さん、バス置いて一杯行きませんか？　撮影終わって秀夫もスタッフと飲みに行ったし」

「専務と酒ですか？　初めてですね」

「そうね、長い付き合いなのにね」

「是非行きましょう、じゃあ、会社に戻って、私の行きつけの居酒屋に行きましょうか？」

「ええ」

映画の撮影が終わってみんなの気が緩んだ時だった。

政子と星が居酒屋に入って「本当に、不思議ですよ、この六年、夢を見ている様です」

「私も同じよ」ビールを飲みながら「昔、私が宝くじ当てましたねって、言いましたよね」と星が言うと微笑む政子と「そうだったわね」

「その時の社長と専務の顔、今でも覚えていますよ」そう言って笑った。

「まさか現実に成って、それも何十億？　それ以上ですね、今日もバスの中で考えていたのですが」

「何を？」

「あの五月の連休に撮影に参加した人、全員社長に成っていますよ」

「そうね、そう言われれば」

「私まで社長ですよ」

「そうね、カメラマンの二人も、メイクの小山内さんも、衣装の酒井さんもよね」

「でしょう、助手で参加していた人もみんな専務か副社長に成っていますよ」

「変ね？」

「何故なのかしらね」

「一番は暁プロですけれどね」と笑う星。

「秀夫に天使が舞い降りたって話した事有りますよ」と政子が言う。

「あの三姉妹のお陰ですが、それだけとは、思いませんね」

「芸能界彼女達より綺麗で歌の上手な人一杯居るからね」

「運なのですかね？」星は上を見ながら言った。

「麗香の運なのかね」と言ったら、隣の席の男性が酔っ払って「今日麗香さん達見てきた、綺麗」

と叫んだので二人は苦笑したのだった。

三十一話　シナリオB

翌日、麗香は須藤監督とサングラスに帽子の服装で、北進銀行の貸金庫に来ていた。

その後近くのホテルで内容を読む事にしていた。

二人は受け取った包みを生卵でも持つように大事そうに持って、近くのホテルの一室に入った。

その様子を見ていた男がいた。

芸能記者の菅井だった。

過去にも映画の撮影が終わると俳優同士、監督と俳優が仲良く成る事が多く張り込んでいたのだ。

菅井は麗香と尾形が今でも愛し合っている事は知っていたのに、その意外性にびっくりして尾行してきたのだった。

有名ホテルの部屋に二人は消えた。

これは？　スクープ？　年齢が須藤監督は六十歳麗香二十歳、離れすぎだな、判らないのが芸能界だ。

そう思いながらロビーで待って居た。

「先生、シナリオと手紙が入っていますね」麗香宛と監督宛だった。

シナリオはともかく二人は自分宛の手紙を読み始めていた。

最初にこの手紙は誰にも言わないで、見せないで心の中にしまって下さいから始まっていた。

「何方が監督をされているか判りませんが、大変失礼な脚本で申し訳ありません、この手紙が読まれる頃にはもうＡシナリオの撮影が終わっていると信じています。

細切れのカットの脚本で大変苦労されたと思います、しかし、こうでもしなければ映画が作れませんでした。

シナリオの最後私の死で終わっています。

最初は三姉妹のサクセスストーリーを明るく書く予定で始めていたのですが……と延々と映画の構成の仕方が書かれていて、自分の死の代償で悪を滅ぼして欲しいと」結んで有った。

麗香には「撮影おつかれさま、この手紙が読まれる時にはもう私はこの世に存在していないけれど、約束を守って読んでくれていると信じています。

三姉妹のサクセスストーリーの映画が、沢山の不幸を新たに生んでしまった事で、私はノイローゼに成っていたのかも知れません。お父さんが障害者に成られて、幸せな家族が不幸に成って東京にスカウトされて、栄光を掴んだのは不幸中の幸いだと聞いて、シンデレラ物語に書く予定でした。

取材の中でお父さんのひき逃げ事件を取材して、犯人を私は知ってしまったのです。

そしてそれは新たな二人の犠牲者を産んでしまいました。

敢えて犯人の名前は書きません、シナリオでその人物は特定出来るでしょう、これ以上犠牲者が出る事は避けて欲しい、そして世の中からひき逃げと云う、卑怯な犯罪が無くなる事を願っています、もうすぐ私も殺されるでしょう。シナリオが素晴らしい映画に成る事を祈っています……」

二人は手紙を読み終わるとシナリオを読んだ。

「後援会長か……」麗香がポツリと云った。

「このシナリオを元にパズルを組み合わせて台本作るよ、与党の得票が相当減るよ」と須藤が言う。

「仕方無いですよ、何も考えずに推薦して当選させる制度に、問題が有るのですから」と麗香が言う。

「応援するのかい？」

「映画まではね」

「夕方までシナリオもう一度読んで練るよ」

麗香は大事そうに手紙を持って部屋を出て行った。

その大きな瞳には涙が溢れていた。


菅井が、一人で出て来た麗香を見て、泣いている？　何か有ったのだ？　スクープ？　と興奮しながら尾行していた。

ロビーに座ると、麗香は良樹に電話をして呼び出していた。

良樹は麗香の涙声に、唯ならぬ事だと感じて、授業をさぼって駆けつけてきた。

良樹が来るまでの時間何度も何度も北山の手紙を読み返していた。

菅井は何を読んで泣いているのだ？　そこに良樹がやって来た。

麗香がいきなり良樹に抱きついた。

サングラスに帽子の麗香の帽子が床に落ちて長い黒髪が背に流れた。

「あっ、麗香？」

客の一人が叫んだが、二人はかまわずにキスをしていた。

映画の隠し撮り？　良樹が美男子だったからそう思ったのだ。

二人はソファに向かった。

良樹が部屋を用意しにフロントに行くと「撮影？」と聞かれた良樹は笑って「一つ部屋有りますか？」と尋ねた。

「はい、一晩分の料金に成りますが？」

「いいです」二人は部屋に消えていった。

菅井はどうなっているの？　三角関係？　それにしては変だね？

あの手紙は何？　良樹が彼氏はもう随分前から知っているし、麗香のスキャンダルは皆無だから、スクープと思った菅井は何が何だか判らなく成ったのだった。

部屋に入った麗香は、誰にも言わない約束だったが「良樹、お父さんをひき逃げした人が判ったの」そう言って泣きながら抱きついた。

「ほんとうなの？」

「そうなの、最近も北山先生に見つかって犠牲者が増えたのよ」

「えー、そんな、じゃあ、あの脚本家の先生も？」

「そうみたいよ」

「警察に行かないと」

「先生は、映画の中で犯人を破滅させる、シナリオを書いて死んだのよ」

「でも警察に……」

「証拠が無いから、無理するとまた犠牲者が出る」

「誰なの？」

「書いてない、映画を見た人が判るって」

「そんなの、シナリオ読めば判るじゃない」

「先生の遺書を尊重したいの」

「麗香はもう知っているのだね、だから泣いているし、僕を呼んだのだね」

良樹は総てを悟ったそして優しく麗香を抱いた。

長いキスが麗香の涙を止めた。

「お母さんに連絡しておかないと」と叫んで電話をかける麗香だった。

「繋がらない」麗香の胸に不安が募る。

何度もかけるが反応が無い、まさか何か有ったのでは？　と犯人を知っているのと犠牲者が三人も出ているから不安に成るのだった。

澄子は徳山の梓の元を訪ねていた。

その後の進展がないのが気に成ったから、電車の中でマナーモードにしていて、そのままに成っていた。

「その後、事件は何か判りましたか？」

「どうやら、犯人が邪魔をしている様なのです」

「えー、麻生さんを跳ねて殺した岡部の内縁の妻と子供が、行方不明に成っているのですよ」

「どう云う事でしょう？」

「私は岡部の事故が怪しいかも知れないと思ったのです、ギャンブル好きで定職を持ってないのに、内縁の奥さんに子供が出来て良いマンションに住んでいたから」

「殺人の報酬？」

「それか、身代わり」

「何か無いのでしょうか、対策とか」

「実は、来月から連載を掲載して炙り出そうかと思っているのですよ」

「何です……の？」

「怪しい人物を特定して、疑惑を書くのですよ、そうすれば、犯人が行動するでしょう」

「危なく無いですか？」

「ペンは凶器ですから」

「楽しみにしています、何か判れば教えて下さい」そう言って澄子は梓と別れた。

その時携帯の振動が澄子にようやく判った。

「お母さん、大丈夫」

「あー、麗香かい、どうしたの？」

「何度も電話したのに」

「ああー、マナーモードに成っていたね、急用かい？」

「今から、云う事を絶対に守って欲しいの」

「何なの？　改まって」

「これから、映画が上映されるまで、お父さんのひき逃げ、とか最近の事件に一切関わらない事を約束して欲しいの」

「何故なの？」

「危険だから」

「大丈夫だよ、今も新聞社の記者さんと話して来たところだよ」

「駄目！　お願いだから、止めて」

「どうしてだい、危なく無いよ」

「もう、犯人は判っているの、だから逃がしたくないの」

「えー！　今何を言ったの?」

「もう、お父さんのひき逃げの犯人も一連の犯人は判っているのよ」

「早く、警察に行こうよ」

「証拠が無いの、だから映画が上映されたら犯人が動くから捕まるの、だから今、動くと逃げられるの、お願い約束して、もう記者にも会わないと」

「判ったよ、でも夏まで我慢出来ないよ」

「お父さんの敵討ちたいでしょう」

「当たり前よ」

「これから、見ざる、聞かざる、言わざるよ、必ず守ってよ、」

「判ったよ、四人で父さんに報告に行くのを楽しみに待って居るよ」

澄子は誰だろう?　の疑惑がその時から胸の中に渦の様にまった。

三十二話　梓の危機

翌週、轟が車で自転車の弘人を跳ね飛ばすシーンが撮影された。

轟が「まるで私がひき逃げ犯みたいだね」と笑う。

「違いますよ、回想シーンですよ、誰が犯人か判らないからですよ」

「成る程」

轟の宴会シーンと、一休庵の店主が飲酒を制止するシーンも、同時に撮影がスタジオで撮影されていた。

翌日には専務の高山役が車を処分する解体工場でのシーンが、それぞれが別のカットなので出演者もよく判らないで、監督の指示にしたがって消化していった。


一方山口日報では金沢が編集長と口論に成っていた。

この様な記事を載せると廃刊に成ると叱られていた。

題名が「疑惑の国政選挙、政党選挙の矛盾」名簿の順位を上げる為に、奔走する地方の政治家の悪行が書かれていた。

「大体この記事自体、特定の人物が連想出来るじゃないか？」

「はい、それが目的ですから」

「証拠も無しに、大昔の食中毒事件まで書いて有るじゃないか」

「最近の事件も書く予定です」

「面白いのは判るが、せめて被害者のインタビュー記事ならまだ許せるが、これは少し行き過ぎだろう」

「でも、今、人気の三姉妹だから、インパクトが有ります」

「それなら、家族のインタビューとか、最近の事件なら被害者のインタビューにしなさいよ」

結局記事はお蔵入りとなって、梓は仕方無く最近の被害者の自宅を訪れる事にした。

設楽信子の自宅から無くなった現場を一度見て見ようと、おもいたってやって来た。

「こんな場所で花を摘むかな？」と覗きこむ。

今は季節が冬だから花も無いのだが、大きく遠回りをして崖の下に廻った。

前回は上からしか見ていなかったが、下から見上げるととても花を摘む場所には見えないので、あの上から落ちたら死ぬわね。

この辺りかな？　梓は辺りを見回して写真を数十枚撮影した。

設楽信子の自宅は住む人が居なくなったのか、戸締まりがされていた。

近所に聞くと長男の勝は広島で仕事をしているので、墓参りに帰る程度だと話してくれたのだ。

梓は澄子の自宅を訪れたがパートに出ていて留守、近くの麻生の住んでいたアパートも住人が変わって、全く判らない人達に変わっていた。

死人が出ると気味悪いのだろう。

金沢梓は記事を載せて貰える決め手が欲しかった。

何か無いのだろうか？　もう直談判か、自分の中では一連の犯罪は安西建築が関与していると考えていたから、明日にでも乗り込んで暴いてやると気合いを入れるのだった。


落成式の場面は後援会主催の歓迎会の場面を置き換えて、制作をして食中毒はスタジオ撮影に成っていた。

須藤は工夫に工夫をして、麗香以外の出演者に判らない方法で画面を構成していったのだ。

高山が大木と山崎に設楽信子を崖から突き落とすシーン、交通事故で麻生をひき殺す。

そして代理出頭の岡部を間違って逮捕する警察、最後にビルの屋上から北山が落下する場面がＣＧでリアルに再現された。

実際に出来上がった予告編には安西役の轟が参議院選挙で圧勝して、にこやかに三姉妹と握手と万歳のシーンが盛り込まれていた。

予告編は三月末に各方面に配布する為に制作が進んでいた。

須藤監督は予告編の配布後本編の構成を三ヵ月以上要して、秘密の間に作る予定にしていた。

この映画の撮影に携わってない人間を集めて、新作のサスペンスとして構成させる予定にしていた。

それも念を入れて三部構成にして、作っている本人さえも、理解出来ない様に考えていた。

誰かが喋ると与党、安西建築から邪魔が入るから慎重だった。


金沢梓は安西建築の事務所を訪れていた。

「新聞記者さんが、どの様な用事で？」と社長の郁夫が応対した。

「三姉妹の人気に便乗して、お父様が国会議員に成られるとお聞きしたもので」と微笑んだ。

「親父は今、東京ですよ、事務所を作る為にね」

「地方では無理ですか？」

「国会議員に成れば東京に事務所が必要でしょう」

「会長の事は殆どご存じ無いのですか？」

「何を？」

「過去の過ち、今の過ち」

「何の事？　昔、落成式での食中毒の事ですか？」

「……」

「あれは、私どもが用意した仕出しの弁当で大勢の方に多大な迷惑をかけてしまいました、それは当時の事を知らない私もお詫びせねば成りません」

「……」

「しかし、もう十年以上も前の事だから許されても良いのでは、幸い重症の方も居なかった事ですから」

「……」

「そんな、昔の事で親父の選挙の邪魔をしょうと？」

「いえ」

「山口日報さんは、今の政権に反対の立場ですか？　それで邪魔を？」

「私は最近交通事故で亡くなられた麻生富子さんが、この中毒事件の関係者だと云う事が気に成ったのです」

「十年も経過すれば、誰が何処に就職するか、そんな事判りませんよ」

「それでは設楽さんの死亡は？」

「それは？　何ですか？」

「ご存じ無い三姉妹の脚本家が取材で接触した元警察官です」

「それが何か？　北山先生は残念でしたね」

「その北山さんが麻生さんにも会われているのですよ」

「偶然でしょう」

「そうでしょうか？」

そう言いながら崖の下近辺の写真をテーブルに並べた。

「これは？」

「設楽さんが亡くなられた場所です」

「そうですか？　それで？　私に何を？」

「北山先生がもう一人会われた方がいらっしゃったのはご存じですか？」

「そりゃ、三姉妹のお母さんでしょう」

「違いますよ、中毒事件の関係者ですよ」

梓は口から出任せを言うと、見る見る、郁夫の顔色が変わった。

「北山先生の手帳を最近手に入れまして、イニシャルなのでまだ、特定出来ないのですが、これから総力をあげて探す予定です」

「手帳は今、お持ちで?」

「大事なものですから持ち歩きません」と笑った。

梓は完璧な揺さぶりが成功した。

これでこの連中は慌ててボロを出すだろうと考えていた。

まさか本当に児玉知子が存在している事を知らなかったのだ。

梓が帰ってから高山が「それは、本当かも知れない、誰か関係者がいるか調べろ、急げ、手帳が有るのなら、記者の自宅か徳山支社に有るな?」

「どうしますか?」

「乗り込んで来たのはスクープが欲しいからだ、何処で手に入れたかは判らないが、多分誰にも見せてないと考えられる。自宅を探して来い、調査会社も使え時間が無い、大木、山崎は記者の家に行け」

会長に電話で新聞記者がうろついていますと報告をしていた。

大事な時だ！　失敗は命取りだと釘を刺す敏夫だった。

梓はこれで彼らがどの様に行動するか、楽しみと考えて徳山に帰っていった。

支社の荷物便を装って梓の住所を調べた。

高山は大木と山崎に自宅に向かわせたが、セキュリティの有るマンションの一人暮らし、出入りの住人に紛れて入ったがそこから移動が出来ない、梓を脅してでも奪えとの指示に二人は帰るのを待っていた。

幸い顔は知られていないから、家に入るのを待って宅配便の業者になりすまして、荷物を届けに行く業者の服装も用意していた。

インターホン越しに「大きな荷物が届いています」と伝えた。

「どなたから？」

「望月麗香様からです」

何故？　麗香さんから？　お母様が何か話して、気を使ったのかしら？　そう思いながらロックを解除すると五階まで上がってきた。

大きな段ボールを重そうに持って、チャイムを鳴らすと直ぐに扉が開いた。

「ご苦労様」

「重いのですが、何処に？」

「じゃあ、中に」

上がると同時に梓の口を手袋の手が塞いだのだった。

三十三話　進む捜査

二人の欠点は女好きだった。

目で合図をすると大木が梓の手を縛って口にガムテープを貼り付けて、衣服を脱がして二人が強姦をしてしまった。

交互にレイプされた梓がぐったり成ったので縛り上げて、段ボールに押し込んだのだ。

そんなに美人でもない梓でもこの二人には女に違いなかったのだ。

トレーナーの上下だけで縛られて運び出された。

「高山さん、手帳は嘘でした」

「捕まえましたがどの様に始末しましょう？」

「顔も見られているし、知りすぎているから殺せ、海に沈めてな」

「はい、判りました」

車に戻った二人は梓を締め殺して海に沈めてしまったのだった。

数日後山口日報は警察に捜索願いを出した。

マンションの防犯ビデオに不審な男が、大きな段ボールを持って出ている姿が映っていたのいた。


と、梓の下着が散乱していた中に男性の体液が付着していた。

強姦拉致で捜査が行われて、手袋の為に指紋の採取は無かった。

死体でも出れば直ぐに公開捜査に成るのだが、未婚の女性の失踪なので報道も小さく成っていた。

三月末に成って各方面に予告編が配布されて、綺麗な三姉妹の姿と後援会長が選挙に圧勝して、満面の笑みで万歳をしている姿、そして宮島の秋の紅葉と三姉妹の美しさ、故郷柳井の町並みが画面一杯に写って居て、落成式の中央公園が最後に成っていた。


数日後麗香に母澄子が電話で「変なのだよ」と連絡をしてきた。

「何が？」

「私が、仲良くしていた山口日報の女性記者さんの金沢梓さんが、行方不明に成っているのだよ」

「あの二人の事件を追っていた？」

「そうよ、久しぶりに会社に電話をしたら、先月半ばから行方不明だそうよ」

「お母さん、事件に深入りしたのよ、あの時身を引いていて良かったね」

「えー、それじゃあ、殺されたの？」

「可能性有るわ、自分が危なくなったら何をするか判らない人だからね」

「誰の事よ、教えておくれよ、柳井の人だね、麗香の話し方なら」と聞きたい澄子。

「記者さんは一度調べて貰うから、お母さんは行動しないでよ、お母さんにもしもの事が有ったら私達生きて行けないからね、お願いよ」と最後は涙声に成っていた。

犯人を教えたら母は必ず、会長宅に向かうだろう、母が想像で行動したら大変だ。

麗香は仕事を出来るだけ少なくして、柳井に戻る決意をするのだった。

その連絡を澄子に電話すると、大喜びで「映画の撮影が終わって時間が出来たのだね」と言ったのだった。

本当は映画の宣伝活動で全国をキャンペーンの予定が有ったし、選挙の為の活動も有ったのだが、聡未に総てを任せて柳井に帰るのだ。

舞が高校三年生に成って、時間の有る時、聡未を手伝った。

麗香は約半月柳井に滞在して地元の仕事をした。

これには安西は大喜びで、東京から私の選挙の為に態々来てくれたのかと感激したのだった。

麗香は自分の演技力に自信が出来た。

殺しても殺したりない相手に微笑む事が出来るからだ。

その様子を見た母澄子が、一抹の不審を安西に持っていたのを払拭したのだった。

「お母さん、いつも娘さんには世話に成っています、今回も忙しい中を私の為に有難うございます」と澄子に握手を求めたのだった。

麗香はその光景に憤慨していたが、母の身の安全には一番の効果が有ったと、これで映画の公開まで安心だと、東京に帰っていった。

聡末と合流して映画のキャンペーンをするのだった。

「あのね、お姉ちゃん、克美さんがね、お店で映画とそば屋のお店のコラボをしたいと云うのだけれど、良いかな?」

「専務がOKすれば、良い企画だと思うわよ」

「そう、有難う」聡末は大喜びで克美に直ぐに電話をするのだった。

三姉妹がCMで使っているメーカー各社も、映画バージョンのCMに徐々に切り替わって封切り近しの、ムードが漂った。


児玉知子の存在が高山に判ったのはその頃だった。

だが今何処に住んで居るのかが判らなかった。

北山に云われて住まいも変更していた。

それは次々に起こった死亡事故に起因していた。

北山の言葉の意味が判る唯一の女性だったから、児玉は九州の鹿児島まで逃げていた。

名前も変えて、その為探偵会社もお手上げ状態だったのだ。

上映ムードだけが知子の心の支えだった。

北山さんの約束通り、兄の無念が晴らせるのか、そうなれば自分は我が子に堂々と会える。

何も悪い事をしていないのに、肩身の狭い思いで主人と別れて、子供二人共泣く泣く別れた辛い思いだけが有った。

別れた主人も財産を続べて失って、一からようやく立ち直って子供達も働き出して安定していたのだった。

早く会いたい気持は遠く離れたから、一段と増大していたのだった。

繁盛していた一休庵が一瞬にして店主の自殺で、知子とその家族の不幸を作ってしまった。

池田亮は知子の事は嫌いでは無かったが、知子の方が居たたまれなくなって出て行ったのだ。

調査会社の調査員が高山に「判りませんね、児玉知子の行方は、もう何年も兄の墓にも来ていません」

「嫁ぎ先はどうだ？」

「全く気配も有りませんね、子供も下が高校出てこの春から働いて居ますが、会いに来たとは聞きませんでした」

「そうか、手帳と同じで嘘か」

高山は女性記者に騙されたと思ったのだった。

警察は梓が取材に行った場所を重点的に探していた。

それはＤＮＡ鑑定が出来る物を探す為に、その中に安西建築も候補に入っていた。

それは失踪直前に訪問した記録が新聞社に残っていたから、本社の編集長はあの金沢梓が狙っていたのが安西なのだと確信していた。

それは会社のパソコンの記事が物語っていた。

警察ではその証言を元に、毎日のゴミを今月から業者から運ばせていたのだ。

何か出ないか？

根気の要る作業だった。

編集長はもう梓は殺されているのでは？　との疑問を持ち始めていた。

選挙に関心の有る時期に、彼女の遺作を連載してみようと考えていた。

梓は十回連載の八回分を既に書いていた。

自分が反対しなければ彼女は乗り込まなかっただろうと、自責の念が心を覆っていたのだ。


六月に成って須藤監督が関係者を呼んで、試写をしましょうと呼びかけた。

それは三姉妹とその彼氏、鹿島夫妻、柳井の母澄子、暁プロ大門夫妻他数名だけで、スタジオでの試写会だ。

みんなが集まれる日曜日に行われる事に成った。

大体の事を知っている澄子と良樹、総てを知っている麗香と監督、何も知らない聡未と舞、鹿島夫妻、大門夫妻、克美、貢、上映会の翌週が選挙の公示だった。


山口日報の編集長は公示の日からの連載を決めていた。

そして映画の公開は投票日の一週間前に決定していた。

須藤監督は綿密なスケジュールの元、日時を決めていたのだった。

梅雨の雨が降る季節に柳井から、母澄子が東京に飛行機で向かっていた。

期待と憎しみを胸に複雑な心境だった。

「有りました」山口の警察の捜査陣がざわめいた。

「ＤＮＡが一致する人物が、安西建築に居ます」

「よし、事情聴取と全員から検体を貰おう」警察も行動を開始したのだった。

三十四話　試写会

山口県警の刑事板東と柴が安西建築に、朝から捜査員数名を伴って令状を持参で訪れたのだった。

「何事ですか?」

「山口日報の金沢梓記者の失踪に関する重要参考人が貴社に居る事が判りました。男性だけ今居る方を集めて下さい」

郁夫が「どうしたのですか?」と血相を変えて質問した。

「男性社員のＤＮＡを調べる為に髪の毛を一本頂きたいのです」

「どういう事でしょうか?」

「金沢記者が拉致される前に強姦されているのです、その現場に男性の体液が付着した衣類が残されていたのです」

「えー、そんな社員が我が社に？」

「毎日の貴社のゴミを検査して漸く該当者が見つかったのです、集めて下さい」

大勢の社員が集められたて、現場の方は対象外に成った。

当日大木は現場に直行していたが山崎は社内に居た。

びくびくしながら採取に応じた。

捜査員が名前と髪を袋に丁寧に詰めて帰って行った。

「普通この事務所に居て、今日現場に行っている人は何人いますか？」

柴刑事が尋ねると「おい、係長何人だ」高山が怒った様に云う。

「五名です」

「それでは、五名の住所と名前の記入をお願いします」

係長が書いた紙を高山が見て「間違っているじゃないか、この男はもう辞めている」と大木の名前を消してしまった。

高山は大木と山崎が強姦をしてから殺したと考えていた。

もし山崎ならもう終わりだが、賭けだった！　馬鹿な二人に女を始末させた事を後悔していた。

自分の運が有るのか？　無いのか？　の瀬戸際だったのだ。

刑事は数十名の検体を持って帰って行って、捜査員に現場に行った社員の家を調べる様に指示をした。

大木はリストから削除されていた。

澄子は上映の前日三人のマンションに来て麗香に「駄目だよ、興奮して眠れそうに無いよ、今夜は」と言う。

「お酒でも飲もうよ、眠れるから」と麗香が誘う。

「聡未は？」

「また選挙の応援よ」

「舞は何処に？」

「鹿島さんの家よ」

「あのね、私ね、考えている事が有るの、次回の公開プレミアム試写会が来週の日曜日に有るのよ、その時に三人とも髪を切ろうと想うの」と急に言う。

「えー、黒髪ロングは三姉妹のトレードマークじゃないの？」と澄子が怪訝な顔、

「お父さんをひき逃げした人が全国公開されるでしょう、マスコミも沢山来るから、亡き父に捧げるイベントとして全国に轟くでしょう」

「そうだろうけれど」

「上映前の映画館断髪式をするのよ」

「ショートにでもするのかい？」

「駄目よ、ＣＭ契約有るから、舞は長いから二十センチは切れるでしょう、私と聡未は十五センチ位よ、それでも凄い反響に成るから」

「セミロング位に三人が成るのか、良いアイデアだね」

「明日の映画の後、みんなに発表すると多分賛成してくれると思うの、悪党にトドメをね」

「そうだね、私達を苦しめていた悪い奴だからね、あの記者さんも犠牲に成ったのかね」と哀しそうな顔をする澄子だった。

良樹がやって来て、部屋で酒を飲み始めたのだ。

「良樹さん、私少し髪短くするかも知れないわよ」

「次の映画？　テレビ？」

「違うわ、良いでしょう」

「麗香が変わらないから、僕はかまわないよ」

三人は良樹の持って来たビールを飲み干してしまった。

澄子の興奮は収まりそうに無かった。

夜遅くなって舞と聡未に断髪式の話しをすると「面白いアイデアね、本当にお父さんを殺した犯人が判るの？」と興味津々。

「懲らしめて、社会から抹殺しなければ駄目だよ」

「四人で髪を持って父さんの墓に行こうよ、報告に」聡未が言った。

「プレミアム試写会凄い反響だろうね」

舞が「貢さん達には特別席を提供しよう、彼泣いちゃうよ」と言う。

「何故よ？」

「私のこの長ロングの綺麗な黒髪が好きだって言うから」

「じゃあ、舞だけ止めるか？」

「嫌よ！　私も切る」

「明日、発表するからね」

「スポーツ紙、凄い反響だよね」

「舞が20、聡未と私が15ね、それ以上切ると、ＣＭ会社にペナルティだからね」そう言って話しが纏まった。

様子を見ている澄子だが心が安まってはいなかった。

明日が気になっていた。

翌日の午前、山口県警では「徹夜で大体調べましたが該当者いません」と失望で話す。

「安西建築に来る客？」

柴が「客ではないと思います」

「何故？」

「その後、同じＤＮＡの髪が数本見つかっています」

「そうだな、来客ではないな、外勤していた者の物は、確保出来たのか？」

「今、調べて居ます」

しばらくして「該当者いません」

「おかしい？　社員名簿を経理で貰って来い、給料払っている正社員だけだ、秘密で貰って来い、何か工作をするかも知れないからな」

板東刑事と柴刑事が安西建築に向かった。


専務室では、「お前達、とんでもない失敗をしたな」大木と山崎が高山に叱られていた。

「すみません」と頭を垂れる二人に「最終的には二人で強姦して、山にでも捨てたとでも言うか？」と怒る。

「専務他の犯罪も見つかりませんか？」

「設楽の転落事故、麻生富子の交通事故も追求されるのでは？」

「じゃあ、一度反省文でも書いてみるか？　俺が見てやる、合格したら捕まっても罪は軽いかもな、そうだ今回の事件だけの反省文で一度見てやろう」

「はい」

「出来心を強調するのだ、例えば会社に取材に来た時にインテリの女性に自分は弱いからとか、書けば殺したと書いたら殺人に成るが、部屋で強姦して山に運んで帰ったとでも書けば罪は軽い」

二人は高山に言われて、反省文を書いた。

「山崎お前の文は良くない、教えてやるから残れ」と言う。

大木は自分の文が良かったと褒められて喜んだが、高山専務は今の時間迄に来ないなら、あの体液は大木の物だと確信していた。

「山崎、お前達の失敗は命取りだった、大木を今夜屋上から突き落として自殺に見せろ、そうでなければ、お前も死刑に成る」

「死刑ですか？」

「当然だろう、三人も殺せば」

「大木の失敗で破滅はしたくないだろう」

「はい」

「大木の靴を屋上に置いてこの反省文を靴に入れておけ」

「上手に屋上に誘えよ、相談が有るとでも言って、な」

日曜日で経理は留守で刑事二人はまた明日来社する事に成ったのだ。


午後三時にスタジオの試写会は始まった。

冒頭、須藤監督が「この作品には多くの犠牲を伴って作られました、三姉妹の栄光の陰に犠牲に成った方々に哀悼の意を……」と言って黙祷をした。

映画が始まって、冒頭学校帰りの麗香にスカウトが声を掛ける。

そして数日前の回想シーンに、弘人と澄子が子供達の今後と家計の話しをしているのを聞いてしまう麗香、スカウトに声をかけられて、スターに成れるならと東京に向かう麗香、家計を少しでも助けに成るなら、中学を卒業した麗香が東京に向かう、渋谷のハチ公前には大門社長が、新人発掘の為に来ていた。

大門はそこで宝くじを買うのだった。

秀夫と政子はお互いが顔を見合わせて小さく「嘘」と言った。

その後麗香を見つけて声をかける。

呼び出した男とは違う大門に着いて行く麗香「貴方、喋ったの？」と声に成らない声で政子が秀夫に言う、大きく首を振る秀夫だ。

場面は麗香のヌードに「綺麗！」と麗香が言った。

「姉ちゃんより綺麗ね、胸が」と聡未が小声で言う。

そうして大門にスカウトされる麗香、次の場面で宝くじが当たってびっくりする二人が映し出されて、秀夫と政子はお互いに顔を見て、お前か？　貴方でしょうと目で応酬をしていた。

やがて大金を使って麗香をスターに仕上げてゆく決心をする二人、三姉妹以外は全員偽名に成っているが見る人が見れば直ぐ判る。

注目の弘人が事故に遭う回想シーンが登場するのだ。

一休庵の宴会で飲み歌う轟の姿が映し出されて「あの人」と澄子が大きな声をあげた。

犯人が判ったからだ。

三十五話　歓喜のプレミアム試写会

宴会が終わって車で帰ろうとする安西役の轟を、一休庵の店主が必死で止めようと説得している。

制止を振り切って車に乗り込む、しばらく走っているが車が大きく蛇行している。

前方に自転車の弘人「キャー」「止めて」と自然と澄子、聡未から声があがった。

舞は身体が硬直して声が出ないので、隣の貢が優しく肩を抱いた。

舞の大きな瞳から大粒の涙がこぼれ落ちていた。

画面はバックミラーを確かめる轟、自転車のライトがちぎれて道に残る。

走り去る車、道端の側溝にうずくまる弘人の姿、車の傷を見て慌てふためいて高山に電話をする。

帰らない父を捜す麗香と澄子、これが実際の事件なのねと澄子は確信しながら見ていた。

不思議に涙が出なかった。

子供達三人は涙をハンカチで拭きながら見ていた。

やがて病院に運ばれて医者がもう少し早ければと言うシーンから、車いすの弘人に変わって、ひき逃げ事件を捜査する老刑事が犯人を追い詰めていく。

一休庵にたどり着く老刑事山本、一緒に捜査の手伝いをする設楽、専務の高山が敏夫に一休庵に刑事が行きましたと言った。

何とかしなくては、と落成式で仕出し弁当と吸い物のポットの数を誤魔化して、下剤を入れて食中毒を偽装するのだった。

「悪い奴ね」澄子が言うと、隣の麗香が澄子の手を握る。

一休庵は食中毒で責められて店主の児玉が自殺を、証言者を失った山本刑事が悔しがる。

児玉の妹も嫁ぎ先の主人が一休庵の連帯債務者に成っていて破産、泣く泣く二人の子供を残して去っていく。

このシーンは北山が必ず入れて欲しいと赤丸をしていた。

それは知子との約束だったから、それから回想シーンが終わり、三姉妹の活躍が始まるのだ。

懐かしい秋吉台、青海島、角島のシーン、良樹との出会い。

安西の息子とその友達の登場、成長する三人、歌、ドラマ、レポーター、舞と貢、聡未と克美の出会い。

麗香を先頭に聡未、舞と三姉妹が活躍してスターに上り詰めて行く。

三姉妹の映画の企画が持ち上がり脚本家の北山が登場する。

テレビ、雑誌で活躍する三姉妹のサクセスストーリーの予定で、脚本を書いてゆく北山が、
弘人のひき逃げ事件の真相に迫る。

設楽信子に会う、麻生富子にそして児玉知子に会う、事件の真相を知った北山は敏夫に迫る。

麻生と設楽が殺され、最後にビルの屋上で敏夫に会う、自首を勧める北山を高山専務が突き

落とすのだった。

　選挙が始まって安西が当選確実と思われたが、三姉妹に完全に復讐されて落選で逮捕されるストーリーで終わっていた。

「凄い、ストーリーね」

「この建築会社破滅だね」

「北山さん、命をかけて書いていたのね」

「悪い事をよくこれだけ出来るわね」見た人が口々に言った。

「私達はこの映画のプレミアム試写会で断髪式をします、父の墓前に捧げたいので、大門社長大々的に発表して下さい」

　政子が「ＣＭが有るからね」

「セミロング位にしますから、お願いします、三人で決めたのです、世間の注目を集めて沢山の人に映画を見て貰いたいのです」

「判ったわ、貴女達も復讐したいでしょうからね、私も宝くじ当たったからね」と笑って誤魔化した。

　澄子は放心状態だった。

「お母さん帰りましょう」麗香に言われて我に返って、四人はタクシーで自宅に帰っていった。

鹿島隆博は智恵子に、「幹事長に内々に安西を外す様に言うべきだろうか？」と尋ねた。

「巻き込まれたく無いわ、自然にまかせましょう」と簡単に言った。

「巻き込まれたら、舞さんと貢も困るでしょう、二人共私達の子供なのだから」

「そうだな、知らない事にしよう、与党大敗するかもな、安西を前に出し過ぎたからな、三姉妹だけなら同情で良いのだけれどね」

「間に合えば安西をＣＭから消すか」隆博の力は絶大だった。

翌日の放送から、三姉妹と与党のＣＭは流れたが安西の存在は消える事になった。


そしてその夜大木の自殺体が発見された。

遺書と共に県警が自殺と断定した。


秀夫と政子は「あの宝くじにはびっくりしたよ」

「私もよ、一瞬心臓が止まったわ」

「北山先生の発想だね……」

「あの映画にはびっくりしたよ、まさか後援会長が犯人で今も新たに殺人をしていたなんてね」

「プレミアム試写会の断髪式と映画のインパクトはみんなひっくり返るだろうな」

「三人の人気がまたあがるね」

「私達も夢を見ている様な映画だったよ」

「ほんとうよね、貧乏プロダクションがこんなに大きく成って、自費で映画を作れてヒット確定だ、ものね」

「プレミアム試写会の場所変更しようか？」

「入れないだろう、間に合うか？」

『場所探してみるわ』二人の夢はまた広がったのだった。

試写会が終わってから聡未と舞は一言も喋らない。

タクシーの中でも何も言わなかった。

マンションに帰ると二人は待っていたように、抱き合って大泣きをしたのだ。

今まで我慢していたのだ。

お父さんの無念が二人の脳裏に大きくのしかかっていたのだ。

「殺してやりたいよ」

「ほんとうだね」澄子も同じ様に言った。

四人のその夜は弘人との思いで一色に成っていた。

翌日のスポーツ紙にプレミアム試写会で、三姉妹が亡き父に断髪式で髪を捧げて冥福を祈ると書かれた。

何が起こったのか？　衝撃の内容と新聞各紙は書き立てた。

失恋か？　も有った。

数日後のプレミアム試写会はドーム球場に変更に成って、中央のステージに三人の断髪式の舞台が作られて、切符は即日完売、舞と聡未が映画の前に数曲歌うから尚更、盛り上がったのだ。

当日参議院選挙の公示を前に安西は三姉妹とのＣＭが消えていた事には全く気が付かなかった。

選挙戦が火ぶたを切った。

与党の本部ではそのＣＭの変化に気が付いた人がいて、テレビ局に問い合わせがいったが「上からの指示で」で終わっていた。

影響は安西に出るだけだったから、各陣営は自分の事で手が一杯に成っていた。

投票日の十日前、東京ドーム球場には、朝から行列が自由席を求めて満員に成っていた。

カリスマ美容師で有名な三名が出演する事も話題に成っていた。

どれほど変わるのだろう？　イメージが変わってしまうとか、ファンの心理は凄いから、柳井に在る父の墓の場所を確かめるファンもいた。

そしてこの模様はテレビで中継もされる。

映画の内容は写さない条件には成っていたが「会長、もの凄い話題ですね」高山が選挙事務所で言った。

「三姉妹のプレミアム試写会だろう、俺も選挙がなかったら見に行きたいのだが」

「郁夫が行っているから、また反響は届くよ」

「テレビでも中継があるらしいですよ」

「まあ、選挙は勝ったも、同じだからな」と笑うのだった。

母澄子も特別試写会を見た面々は特別席で観覧していた。

澄子は改めて子供達の凄さに感動をして、貢、克美、良樹は複雑な気持ちだった。

司会の有名なタレントとアシスタントが登場して、テレビ局のデレクターが「もうすぐ始まります」と伝えた。

映画の出演者も関係者も全員特別席に座ってどの様な映画なのか、固唾を飲んで待っていた。

「凄いわ」政子が我が世の春と言う顔、「世の中ひっくり返るよ」と秀夫が言う。

「準備はして置いたよ」

「貴方に抜かりはないわね」

鹿島夫妻は山口の警察に万全の準備をする様にと連絡をしていた。

この会場に児玉知子も来ていた。

須藤監督が呼んでいたのだ。

北山の計らいだった。

別の席には元夫池田亮と二人の子供も招待されていた。

会場が暗く成ってスポットライトが点灯されて、麗香が照らされた。

会場から割れんばかりの完成と声援に深々と会釈をして、つぎにライトが聡未を同じく声援と歓声に深々とお辞儀をして、最後に舞がスポットライトの中に現れてお辞儀をすると長い黒髪が頭の前に垂れ下がった。

今度は三人同時にライトが当たり三人が寄ってお辞儀をしたのだった。

歓声、拍手、が鳴り止まない異様な雰囲気に成っていた。

三十六話　鳴り止まない拍手喝采

ライトが消えてしばらく静かに成った。

しばらくして音楽の演奏と共に聡未が歌を歌い出した。

また会場がざわつき始める。

手拍子をする、声援をする熱気が会場を包む、一曲歌い終わると汗を拭く為に控え室に、今度は舞が歌い出す。

大きな声援が館内にこだます、貢が手を振ると舞は貢を絶えず見ているから手を振って返す、他の客は自分に振ったと思ってまた声援を送る。

三曲目は二人が揃って歌った。

テレビの中継は三姉妹の断髪式までの約束だから、時間通りに進んで行く。

三曲が終わって、司会者がカリスマ美容師を一人ずつ紹介していく。

その間に映画の主な出演者達が暗闇の中で並ぶ、歌を歌った二人は控え室で着替えて、三人の美容師の為にステージに椅子が設けられて、モデルが三人登場して奇抜なカットを披露して時間を作っていた。

短時間にどれほどモデルの髪型が変わるかで、会場のみんなを興奮させる趣向だった。

麗香と同じ位の髪の長いモデルが綺麗なショートカットに成った。

三姉妹達もあの様に成るのかと会場が騒がしく成ったのだった。

二人目も肩より長めの髪がショートボブに成っていた。

三人目のモデルも同じ様な長さが刈り上げカットに成って、会場がざわめいて、三姉妹があんな、髪型に！　の気持ちで騒ぐ。

ライトが消えて今度は出演者が並んで、中央に三姉妹、須藤監督、その横に遺影を持った北山夫人、舞の横には轟が後ろには澄子役、良樹役、弘人役、大門社長役、政子専務役、高山専務役が並んで居たのに、郁夫はびっくりした。

この映画の重要な役に？

そして司会者の紹介で各自が会釈をして、「冒頭、須藤監督から挨拶がございます」と司会が言った。

「本日は映画「舞い降りた夢」のプレミアム試写会に、大勢のお客様が来て下さった事に感謝致します。

この作品は此処に居ます三姉妹のサクセスストーリーでは有りますが、脚本家の北山先生を始めとして沢山の人の犠牲で、出来上がった、異色の作品であります。

出演の方々も今日初めてご覧に成る方も大勢いらっしゃいます。ひき逃げと云う重大犯罪の撲滅に多少でも貢献出来れば幸いです。

尚、三姉妹が映画の前に自慢の黒髪を亡き父に捧げるそうですが、彼女達の無念な気持の現れと思って映画をご鑑賞下さい」

須藤の挨拶の後一同がお辞儀をした。


司会者が一人一人の役名と芸名を紹介して、各人がお辞儀をして、ライトが消えた。

三席の美容院の椅子にスポットライトが当たり三姉妹が登場してお辞儀をした。

マイクを持った麗香が「ひき逃げ事故が原因で亡くなった父の墓前に映画の報告と、犯人逮捕を祈願して私達の黒髪を捧げたいと思います。

直ぐに病院に連れて行っていたら父は亡くならずに回復出来たのです、二時間も放置されたのが致命傷に成りました。

そして犯人は今も何事も無かった様に生きています。

映画をご覧頂いたら、このひき逃げ事件の犠牲者が父だけでは無い事がお解り頂けると思います、最後までご鑑賞下さい」

拍手と歓声が鳴り止まない中、三姉妹が椅子に座った。

「やめてー」

「そこまでしなくても判ったよ」とか歓声が起こる中、美容師達が予め決められている長さの所に髪を纏めて紐で縛った。

そして切る瞬間ライトが消えて、スポットライトに麗香が、映し出されてロングがセミロングに変わっていてお辞儀をした。

聡未も同じ、舞が一番長く切っていた。

自分の切った黒髪を持ってお辞儀をして「それでは、映画をご覧下さい」と言って直ぐに暗く成って、上映が始まった。

「もっと短く成るのかと思ったけれど、似合っているわよね」

「舞ちゃん、可愛くなったよ」とか囁きが聞こえて、テレビの中継が此処で終わった。

柳井の高山はテレビ中継を見て青ざめていた。

本当に犯人が判ったのか？　それなら、警察が来ているだろう？

何の騒ぎも何も無い？

「どうしたのだ？」敏夫が選挙事務所から戻って聞いた。

「三姉妹のプレミアム試写会の中継がテレビで」

「そうか、俺の人気がまた上がるな」と笑った。

「違うのです、ひき逃げ事件の犯人が判ったと言っていました」と高山が言うと「それなら、良かった？　誰かと間違えたか？」と笑った。

その時窓ガラスが割れる音が、テレビの中継が終わって半時間だった。

また割れる音が「ガシャーン」「ガシャーン」と聞こえる。

「おい、何だ？」

携帯から配信された映画の内容がもう柳井にも届いたのだ。

高山の携帯が鳴って郁夫からだ「親父が、親父がひき逃げの犯人か」もう半分泣き声だ。

「そんな事はない」と高山が慌てた様に言うと携帯は切れた。

郁夫も映画が見たかったので、その後どうなるのかを知りたかった。

「どうしたのだ？」

「映画で会長が麗香の親父をひき逃げしたと」

「何！　そんな、濡れ衣だ、わしは知らん、知らない」と慌てるのだ。

電話が次々に掛かって「もう、とるな」と敏夫が叫いた。

高山はもう駄目だ、日本国中を敵にした、北山は脚本を作り変えていたのだと知ったのだ。

ビルの屋上に持って来た脚本の他に有ったのだ。

「会長、もう駄目です、会長が昔、私に処分させた車で自転車を引っかけたと言いましたよね」

「お前が上手に処分してくれたじゃないか」

「それが麗香達の親父だったのですよ」

「本当か？」

「本当です、私は調べて知っていました」

「何故言わなかった」

「私も最近知ったのですから」

テレビの臨時ニュースが流れて、与党の幹事長が緊急会見をすると出た。

会社の廻りに警察の車両が数台到着して「安西会長、高山専務だね、同行願います」そう言われて捜査員と共にパトカーに乗せられた。

まだ映画はラストシーンを上映していた。

北山の自首の説得に脚本を奪ってビルから突き落とす高山、球場内に悲鳴が聞こえる程の迫力シーンだった。

実際の映画の上映で安西が選挙で落選して逮捕されて終わったのだが、司会者が「この何の罪もない料理屋さんの自殺されたお兄さんの妹さんが十数年ぶりの家族との再開に会場に来られていいます、みなさま盛大な拍手でお迎え下さい」と言った。

スポットライトに照らされて三姉妹の麗香が付き添って現れた。

もう一方には聡未と舞が池田亮と子供二人を伴って現れた。

「偽の食中毒事件でお兄さんを失い、ご主人と子供共別れてこの十数年間一人寂しく生きて来られました。最近は北山先生と会われた事で命の危険に地方にひっそりと住まれていました。この映画でお兄様の無実が実証されて本日めでたく再会に成りました。皆様もう一度盛大な拍手を……」

知子と三人の家族は泣きながら抱き合った。

麗香が「ひとつのひき逃げが次々と別の犯罪を産みました、最初に助けていれば犠牲者は出なかったのです。事故は仕方のない事かも知れませんが、正直に救助をして欲しいと願うばかりです、本日は長時間、私達のプレミアム試写会をご覧頂き有難うございました。」と三人が揃って深々と頭を下げたのだった。

どよめきと歓声の中幕を閉じた。

この模様は数日後映画の封切り後テレビで放送されるのだ。

「明日帰るよ、お前達も行くかい」澄子が晴れやかな顔で言った。

「行くわ、お父さんに報告しなければね」

「頭軽くなったわ、本当に髪をお墓に?」舞が言うと「馬鹿ね、そんな事をしたら一瞬で無くなって、オークション行きよ」と麗香が笑う。

三人は夏休みの間映画館を数カ所廻る、初日が徳山だった。

明日から数日間は柳井に「テレビ局が墓参りのシーンを撮影すると言っていたよ」

「大丈夫よ、偽の髪用意してあるのよ」

「本物は仏壇の中よ」と麗香が笑う。

車はマンションに到着した。

凄い大勢の人がマンションの前に待って居た。

三十七話　映画の全国公開

ファンが自宅のマンションに溢れて、一斉に拍手で出迎えたのだ。

「良かったね、今テレビで与党の幹事長が緊急会見で安西を追放して謝っていたよ」

「おめでとう」

「舞ちゃん、髪短くなって可愛くなったよ」

その人混みをかき分けて三人がやって来た。

良樹達が「おお、色男達」と冷やかかされた。

映画がもう既にネットに流れていた。

「疲れていますので、通して下さい」

良樹がかき分けて四人をマンションの中に導いた。

ロビーの中から四人が集まった人達にお辞儀をした。

大きな拍手がマンションに響いたのだった。

「有り難いわね、ファンの人達」

「そうね、自分達の事の様に喜んでくれているわ」

「明日の飛行機で僕達も行きますから」貢が言うと「そうなの？　ありがとう」と舞が貢の腕を抱えるのだ。

部屋に入ったのを確認すると、三人は明日の用意が有るのでと帰って行った。

マンションの前の人達はいつの間にか消えていた。

「今日のイベントは最高だったね」

「もう今頃、安西は警察ね」

「一杯、余罪が出てくるよ」

「舞、疲れたでしょう、お風呂先に入って寝なさい」

「明日は夜の飛行機ね」

「そうよ、柳井に帰ったら十時ね」

「テレビ局がすべて用意しているから、安心よ」

「頭軽いわ」と聡未が言う三人共肩より少し長い長さに揃っていた。

テーブルに切った髪を並べて、

「舞の長いわ、二十センチ以上有る」

「私、損した気分」と笑った。

四人は晴れやかな気分に慕っていた。


翌日の山口県警の取調室で山崎がべらべらと喋っていた。

自分は高山専務に命令されて仕方無く殺したと、金沢梓をレイプしたのは大木だと自分の罪を逃れようとした。

海に絞め殺して沈めた事も場所も、麻生富子を事故で殺したのも大木だ。

そして身代わりで岡部が自首した経緯も話した。

大木が自殺しているからすべての事を、大木に被せて自分の罪を軽くしようと考えたのだったが、高山専務が観念していた。

大木を殺したのは山崎だ、山崎と大木が麻生、設楽、そして金沢をレイプして殺したと話した。

東京から帰った児玉知子が警察に来たのは夕方だった。

早く真相を話す為に池田と一緒にやって来たのだ。

ポットを取りに来たのは高山です。

自分も殺されそうに成って九州の鹿児島に、この映画の公開まで隠れていたと話した。

「安西さん、ひき逃げは時効だが、世間が貴方を許さないだろう」

「まさか、あの自転車の男が三姉妹の父親だったとは……」安西は何度も何度も同じ言葉を繰り返すだけだった。

もう少しで国会議員と云う山の頂上に登る寸前だったから放心状態だった。

安西と高山が直接手を下したのは北山だけだったが、殺人教唆の罪は計り知れないのだ。

「何故、助けなかったのだ、自転車を跳ねたのは知っていたのだろう?」と刑事が質問しても
「まさか、三姉妹の父親だったとは……」と言うだけだ。

「ひき逃げ事件が第二第三の事件を起こしたのだ、判っているのか?」

「まさか、三姉妹の父親だったとは……」もう半分狂っていた。

夢が大きすぎて、その落胆が敏夫の精神を壊していた。

翌日夕方、七人とテレビ局のスタッフ達が羽田空港に到着すると、もの凄い人数の人が集

まっていた。

勿論飛行機は満席、錦帯橋空港の状況が想像出来た。

明日から映画が全国公開に成る。

朝から徳山の映画館で舞台挨拶が有る。

午後から弘人の墓に報告に七人で行くのだ。

その模様はテレビ局が放送の為に撮影するのだ。

ガードマンが多数用意されて、羽田空港のロビーを三人が歩くと歓声と拍手があがるのだった。

岩国錦帯橋空港には横断幕が（お帰りなさい、三姉妹、悲願達成おめでとう）と書かれていた。

普段ではもう人も居ないであろう空港に人人人……。

空港の職員が
「過去に無い人ですよ、大空港と間違いますね」と笑ったがその職員が握手を求めに行くのだから、面白い光景だ。

テレビ局の車で自宅に自宅の前にも大勢の人が「良かったね、澄子さん」「麗香さん、良かったね」と声を掛けた。

和子と千絵が駆け寄って来て澄子に抱きついて「良かったね」「復讐出来たね」そう言って三

人は大泣きをするのだった。

翌日、全国の封切り映画館には長蛇の列が出来て、東京では監督と暁プロの二人が舞台挨拶をしていた。

徳山の映画館にはもう入りきれない客で一杯に成った。

座席指定で入られない客の為に、移動の映像トラックが場内の模様を映し出していた。

流石はテレビ局、人気商売だ、その映像に群がる人達をまた撮影して放送に使うのだ。

舞台に三人が登場すると大きな拍手と声援が起こった。

三人が三方向にむかってお辞儀をする。

マイクを持った麗香が「本日は私達の映画を見に来て頂いて誠に有難うございます」

「悪人が捕まって良かったたな」

大きな声が会場から聞こえる、拍手が巻き起こり「皆さん、有難うございます、ひき逃げが発端で私の父は亡くなりました。この映画で今後この様な悲惨な事件が起こらない事を祈っています、みなさま、最後までご鑑賞下さい」と三人が深々とお辞儀をして場内の客席に降りて観客と握手を始めたのだった。

びっくりしたのは客だった。

客席に降りて来るとは思わなかったから、身を乗り出して握手を求めていた。

三人はガードの人達に守られて、場内が暗く成って客席から去っていった。

テレビ局の車で自宅に戻って午後から墓に向かうのだ。

その頃お寺もガードマンの警備で人が溢れていた。

三人が置くであろう、髪を狙っている馬鹿な男も沢山来ていたのだ。

多分夜の間に無くなるだろう、テレビ局も承知のイベントだから、午後七人が二台の車で寺に到着すると、声援と拍手がわき上がる。

撮影するカメラマン達、この日は住職も晴れ姿だった。

澄子が昔来た時は誰も居ない、弘人と二人だけの会話だったのに、いつの間にか立派な墓に変わっていた。

澄子は苦笑していた、弘人が一番驚いているだろう。

ちっぽけな墓が大きな立派な墓に変わっているのだから、先月急遽この日の為に用意されたのだった。

澄子は断ったのだが、住職とテレビ局に押し切られてこの様に成っていた。

舞が小声で「凄いお墓ね」と麗香に言った。

頷く麗香もびっくりしていた。

住職がお経を詠んで四人が拝む、そして持参した髪の包みを墓前に置いたのだ。

拍手が一斉に巻き起こった。

イベントとはいえ、四人には感無量だった。

舞が泣き出して、釣られて四人が抱き合って泣いた。

テレビ局のデレクターがいい絵が出来たと微笑んでいた。


その頃金沢梓の遺体が海から引き上げられた。

変わり果てた姿に編集長は自分があの時許可をしていたら、と悔しがっていた。

その梓の遺稿が今日から紙面に掲載された。

問い合わせが新聞社に殺到していた。

編集長は遺体安置所で手を合わせて謝っていた。

側に居た警官がびっくりする程の号泣だったからだ。

事情を聞かれて「金沢君から、今日から連載されている我が社の新聞記事、題名が「疑惑の国政選挙、政党選挙の矛盾」ですよ」

「今日からの連載だね」

「彼女が載せてくれと本社に来たのですよ、私はこんな記事載せたら廃刊に成ると叱ったのですよ」

「彼女、安西建築に乗り込んだのですね、それでこんな姿に……」そう言うとまた泣き出したのだった。

三十八話　夢を見ていた

翌日三姉妹は広島の映画館を三箇所廻る予定に成っていた。

朝から迎えが来て三人が出て行った仏壇の前で、澄子が弘人に話しかけていた。

「貴方の子供達が敵を取ってくれましたね、見ていましたか？　素晴らしい子供達でしょう？　安西達も逮捕されましたよ、でもまだ私には信じられませんよ、後援会長が犯人だった何てね、これから毎日子供達の黒髪に包まれて過ごしてね、私がそちらに行くまで寂しくないでしょう？

あんなに可愛くて性格の良い子供達が？　貴方に似たの？　もうすぐ三人共彼氏と結婚するわね、舞は芸能界を辞めるわね、聡未も辞めるだろうな、麗香はどうするのかね？　弘人はどうしたら良いと思う？」自問自答の澄子だった。

映画「舞い降りた夢」は実話と三姉妹の人気も手伝って空前の大ヒットに成って、出演依頼が殺到して暁プロも困る程だった。

半年後、貢が良樹に「どんな仕事したいの？」と尋ねる。

「そうだな、先日のプレミアム試写会とか色々見たからな、俺は地元に帰ってお袋と生活したい」

「大学院は行かないのか？」

「無理だよ、お袋をもうこれ以上一人に出来ないし、金もない」

「景山は大学院には行かないらしい」

「新聞記者にでも成ろうかな」

「お前は正義感が強いから向いているよ」と貢が笑った。

春から舞は本格的に歌手活動を聡末としていた。

麗香は一年間のドラマの主人公に抜擢されて、撮影が始まって忙しい日々を送っている。

安西建築は大手の建設会社に買い取られて存在が無くなっていた。

それは鹿島の計らいでも有った。

従業員には何の罪もないから、地方の建築会社も重要だったからだ。

昨年の参議院選挙で与党は大敗をした。

与党の執行部は今後慎重に人選をしなければ、党が維持できないと戒めるのだった。

貢が智恵子に「大学院には行かないから、仕事するよ」と伝えた。

「舞さんと一緒に成りたいのね」と笑った智恵子。

「保が行くよ」

「どうかしら？　最近は綾さんに夢中よ」と微笑む智恵子。

「駄目か？」

「お友達は行かないの？」

「良樹はお母さんが心配だって、地元に帰りたいらしい」

「景山さんは？」

「勉強よりビジネスだって」

「聡未さんとは景山君はどうなの？」

「どうって？　結婚？」

「するだろう、克美、聡未さんにメロメロだから」と笑う貢。

「あら？　そうなの」

「子供も一番早いかも？」

「そうなの？　貴方はそんな事、してないわよね」

「はい、僕は言い付けを守ってお付き合いをしていますから」

「舞さん一番若い、じゃないの？」

「保の方が早いかも？」

「えー、それはいけません、保に念を押しましょう、その様な事実が有れば結婚はさせません」

慌てた様に言う智恵子だったが子供は信用していた。


しばらくしてパート先で和子が「貴女の家の近くに大きな家が建設されているね」と話した。

「そうなのよ、二世帯住宅？　三世帯住宅かもね」と話す澄子。

「澄子さんもいつまでも小さな借家に住まないで、大きな家を建てたら？　お金はたっぷり有るでしょう」と和子が冷やかしで言う。

「お金の問題じゃあないわ」

「そうよね、今もパートしているのだからね」と微笑む和子。

「和子さん達と働いていると楽しくてね」澄子が微笑んで言うと「ありがとう」と和子が言った。

「来年の正月から放送の主役に麗香ちゃん、決まったらしいわね」

「そうみたいよ」

「良いわね、親孝行の子供達で」羨ましそうに言う和子。

「それだけは自慢できるわ」澄子はそう言って笑った。

夏前に尾形良樹の就職が決まったと、麗香が電話してきた。

地元のテレビ局、麗香が来年から主役を務める公共放送局の広島支社だった。

母千絵と暮らせるからだ。

秋も終わりに成って、鹿島夫妻が柳井に行くと電話を掛けてきた。

改まった様子に、舞が何か有った？　子供でも出来た？　と澄子は二人の到着を待った。

「澄子さん、ご無沙汰しています」と智恵子が言った。

「いつも、貢が舞さんにお世話に成っています」と隆博が言う。

「遠路、態々恐縮です」とお辞儀を丁寧にする。

「今日はお願いが二つとプレゼントをお持ちしましたのよ」と微笑む。

「何でしょうか？」

「一つは、三月で貢が大学を卒業するのですが、大学院に行く様に勧めたのですが、仕事がしたいと申しまして」と智恵子が言うと「貢がもう舞さんと結婚したいと、我慢出来ないと言いますので、許して貰えませんか？」隆博が笑いながら言う。

「それは、そちら様さえ宜しければ、舞の希望も有るでしょうが、私は喜んで賛成しますわ」澄子が言うと「それは、早速のお許しを頂き有難うございます」と隆博と智恵子がお辞儀をした。

「実はもう一つのお願いは、結婚しましたら、舞さんを私達の実子にさせて欲しいのです」と話した。

「えー、何故？」澄子はびっくりした。

するとと智恵子がバックから一枚の紙を取り出して「これを、見て下さい」と差し出して見せた。

それは戸籍謄本だった。

それには次女舞子が二歳で亡くなった事が書かれていた。

澄子は二人が舞を異常に可愛がる意味がようやく理解出来た。

「お願いで来ませんか？」と座敷に頭を擦って二人が頼んだ。

澄子は二人の悲しみが判った。

「宜しいですわ、舞を末永く可愛がって下さい、お願いします」と同じく座敷に頭を擦っていた。

「有難うございます」

「ありがとう、澄子さん」と手を握って智恵子が言う。

海に遊びに行っての事故だったと話した。

二人の油断が事故に成ったのだ。

「それから、これはささやかなお礼なのですが」そう言って権利書と鍵を差し出したのだ。

「これは？」驚いた澄子が言う。

「直ぐ近くに家を用意しました、尾形君と一緒に住んで貰おうと思いましてね」と微笑む隆博。

「えー、あの大きな家ですか？」と驚く澄子。

「そんなに大きく有りませんよ、尾形君のお母さんと、良樹君麗香さんが住めば小さいかも知れませんがね」隆博は微笑む。

「そんな、高価な物頂けませんわ」と遠慮する。

「私には家より高い物をお母さんから頂きました、ほんの気持です」と隆博が権利書を、少し澄子の方に押し出す。

「主人が納得しませんから、受け取って下さい」智恵子が言う。

驚く澄子に「見学に行きませんか？」と智恵子が微笑みながら言う。

「良樹君のお陰で、舞さんと知り合えた、彼にも感謝の気持ちで一杯です、貢は良い友達を持ったと思いますよ」

鹿島にはこんな家で喜んで貰えたら嬉しかったのだ。

良樹のテレビ局の就職も、麗香と隆博の口添えで決まったのだ。

来年四月からＤＡ物産の社長に正式に成るのが決まっていた。

新築の家には大きな仏間も有り、三世帯がお互いの干渉をしなくて生活出来る様に成っていた。

「貢と舞さんの結婚式は四月の末の良い日を選んで、また連絡しますね」そう言って二人は東京に帰って行った。


大きな新築の家の玄関で澄子は放心状態だった。

「弘人さん、これは？　何なの？　夢なの？」と問いかける。

何も持たずに駆け落ちでこの柳井に来て、印刷会社に拾われて就職して、三人の娘に恵まれて、これからと云う時にひき逃げ事件の犠牲に成って、車いす生活、ボランティアの助けで漸く図書館に就職、自分のパートと弘人の給与でギリギリの生活だった。

麗香が騙されて東京に行ってから、人生が大きく変わった。

あの映画「舞い降りた夢」の通りに事件が解決して、弘人さんは亡くなったけれど敵は討てた。

そして、今大きな家まで、夢にしては凄すぎる。

子供達は大スターに成った。

澄子は唯、呆然と日が暮れるまで玄関に座って柳井に来た昔から、今までを思い出していたのだった。


四月に成る前に良樹と千絵が新居にやって来て、感激をしていた。

「麗香さんといつ、結婚するのだい？」千絵が良樹に尋ねた。

「ドラマが終わった頃には、俺も今の仕事に慣れているだろうから、その時位かな？」と微笑む。

「妹の方が早いと、麗香さん寂しがるよ」と千絵が言った。


四月の始めの舞と聡未がコンサートの会場で突然「私達、このコンサートが最後に芸能界を引退します、みなさまどうも有難うございました」といきなり挨拶をしたのだった。

聡未は妊娠をしていた。

舞は結婚、それは発表の数週間前に政子に告げられた。

舞の結婚引退は覚悟していたが、聡未の妊娠は意外だった。

しかし秀夫と政子の二人は「これで、良かったのかも知れない」と秀夫が言った。

「そうよ、私達には大きな夢を与えてくれたから」と言った。

そして政子が晴れ晴れとした表情で二人を送り出した。

来年には麗香も引退するだろう、と二人は考えていた。

「私達に舞い降りた夢だったからね」

「そうだ、この数年楽しかったな」

「奇跡が起こったのよ」

「本当だ、北山さんの脚本で、映画の冒頭シーンそのままだったからな」

秀夫と政子は夢を見ていた気持に成っていた。

完

杉山　実（すぎやま みのる）

兵庫県在住。

この物語はフィクションであり、実在の人物・団体とは一切関係ありません。

舞い降りた夢

2016年7月27日発行

著　者　杉山　実

発行所　ブックウェイ

〒670-0933　姫路市平野町62

TEL.079（222）5372　FAX.079（223）3523

http://bookway.jp

印刷所　小野高速印刷株式会社

ISBN978-4-86584-152-7